Botho Strauß

Mikado

Carl Hanser Verlag

4 5   10 09 08 07 06

ISBN-10: 3-446-20808-9
ISBN-13: 978-3-446-20808-7
Satz: Satz für Satz. Barbara Reischmann, Leutkirch
Druck und Bindung: Ebner & Spiegel, Ulm
Printed in Germany

Mikado

Zu einem Fabrikanten, dessen Gattin ihm während eines Messebesuchs entführt worden war, kehrte nach Zahlung eines hohen Lösegelds eine Frau zurück, die er nicht kannte und die ihm nicht entführt worden war. Als die Beamten sie ihm erleichtert und stolz nach Hause brachten, stutzte er und erklärte: Es ist Ihnen ein Fehler unterlaufen. Dies ist nicht meine Frau.

Die ihm Zu-, jedoch nicht Zurückgeführte stand indessen hübsch und ungezwungen vor ihm, wachsam und eben ganz neu. Außerdem schien sie schlagfertig und geistesgegenwärtig zu sein. Den Beamten, die betreten unter sich blickten, gab sie zu verstehen, ihr Mann habe unter den Strapazen der vergangenen Wochen allzusehr gelitten, er sei von der Ungewißheit über das Schicksal seiner Frau noch immer so durchdrungen und besetzt, daß er sie nicht auf Anhieb wiedererkenne. Solch eine Verstörung sei bei Opfern einer Entführung und ihren Angehörigen nichts Ungewöhnliches und werde sich bald wieder geben. Darauf nickten die Beamten verständnisvoll, und auch der tatsächlich verwirrte Mann nickte ein wenig mit.

Aus seinen dunkelsten Stunden war also unversehens diese völlig Fremde, diese helle und muntere Person aufgetaucht, die den übernächtigten Fabrikanten von seinen schlimmsten Befürchtungen zwar ablenkte, diese aber keinesfalls zerstreute.

Schon am nächsten Morgen – sie schlief im Gästezimmer – fand er sie in der Garage vor einem am Drahtseil aufgehängten Fahrrad, dem kaum benutzten Fahrrad ihrer Vorgängerin. Sie hatte die Reifen abmontiert, die Schläuche geflickt, die Felgen geputzt und die Pedale geölt. Eine Fahrradflickerin! dachte der Mann, der ihr eine Weile bei den Verrichtungen zusah. Eine gelehrte Frau habe ich verloren und dafür eine Fahrradflickerin bekommen!

Aber dann spekulierte er für den Bruchteil einer Sekunde, was die Zukunft wohl für sie beide bereithalte und ob er je mit ihr auf große Tour gehen werde. Neben den flüchtigen erbaulichen Momenten bewegten ihn aber Zweifel, ob die Anwesenheit dieser einfühlsamen Unbekannten nicht ein tückischer Hinterhalt sein könnte. Ob die Entführer nicht aus reinem Zynismus und nur um die Liebe zu seiner geraubten Frau, der gelehrten, zu verhöhnen, ihm diese naive, bedenkenlos patente Heimwerkerin geschickt hätten. Als zusätzliche Marter, aber auch zur Vorbereitung neuer Erpressungen.

Ganz verstehe ich es immer noch nicht, sagte er auf einmal mit entwaffnender Unbeholfenheit.

Sie lächelte hinter flimmernden Speichen und sagte: Genau wie seinerzeit in Madrid. Du erinnerst dich? Ich hatte doch immer dies lähmende Vorausgefühl.

In Madrid? fragte der Mann, schon mit einem Anklang von gewöhnlicher Ehegattennachfrage.

Ja, als wir mit dem ganzen Club, unseren besten Freunden auf der Plaza Mayor –

Natürlich. Ich erinnere mich.

Meine Handtasche war gerade noch da. Und hätte mich nicht dies lähmende Vorausgefühl ergriffen, daß sie mir im nächsten Augenblick gestohlen würde, dann hätte ich besser aufgepaßt. Schon war sie weg!

Und das am Morgen deines dreißigsten Geburtstags!

Ausgerechnet. Man lädt die besten Freunde ein, und irgendein Dieb ist immer darunter.

Aufhören! rief der Mann ungehalten. Schluß mit dem Falschspiel! Du kannst das nicht wissen. Nicht du!

Na, so war's aber. War's nicht so? So war's doch aber.

Am Nachmittag war er mit einem guten Freund verabredet. Er traf ihn in der Hoffnung, einen Zeugen dafür zu gewinnen, daß man ihm die falsche Frau nach Hause gebracht hatte. Es stellte sich jedoch heraus, daß dieser echauffierte Mensch auf einmal über alles anders dachte, als er bisher gedacht hatte – über Politik, Geld, seine Kinder und seine Vergangenheit. Mit einem Schlag hatte sein Geist die Farbe, den Geschmack, die Richtung und sogar die Geschwindigkeit gewechselt. Da dachte der Mann der Entführten: Es muß doch wohl an mir liegen. Die Menschen wechseln offenbar ihr Inneres genauso schnell wie ihr Äußeres. Sie stülpen sich um und bleiben doch dieselben! Mir scheint, ich habe da eine bestimmte Entwicklung nicht ganz mitbekommen. Also wäre die junge Fahrradflickerin am Ende doch niemand anderes als meine umgestülpte Frau, ja, sie ist wohl die meine, wie sie's immer war. Ich habe weit mehr als mein Vermögen für sie geopfert. Da sitzt sie nun auf meinem Bett, hübsch und rund: mein Schuldenberg. Es bleibt mir keine andere Wahl, ich muß nehmen, was sich bietet, ich könnte nie ein zweites Lösegeld bezahlen.

Da trat aus seinem Inneren ein Bild hervor, und er sah

die Entführte in ihrem Kellerloch, in ihrer Haft. Ein Stuhl, ein Schlafsack und ein Campingklo. Und gänzlich ohne Bücher. So sah er die Gelehrte, und so verharrte sie in der Gefangenschaft.

Eines Tages würde sich alles klären. Oder aber es würde sich niemals klären. Zu beidem war er bereit: zu des Rätsels Lösung wie auch das Rätsel zu leben. Nur eine Entscheidung zwischen dem einen und dem anderen konnte er sich nicht abringen.

Am Abend lud er die Geschickte zu einem Mikadospiel mit kostbaren, uralten japanischen Stäben, die er seit Jahren einmal am Tag auswarf und zusammen mit seiner Frau auflas. *Nur um füreinander die Fingerspitzen ein wenig zu sensibilisieren* – so hatte es stets geheißen, wenn seine Frau ihn zum Spiel bat und sich mit dem schiefen Lächeln der Gelehrten eine dezente Anzüglichkeit erlaubte. Dieselbe Bemerkung kam nun von der Geschickten, und sie lächelte dazu vollkommen ungezwungen.

Die Stäbchen aus lackiertem Zedernholz lagen auseinandergefallen auf dem hellen Birnbaumtisch. Da rieb sich der Mann die Hände und sagte in einem veränderten, aufgeräumten Ton: Nur zu, du kleines Rätsel. Nun zeig, was du kannst!

Dazu gab er ihr einen burschikosen Klaps auf die Schulter. Sie entgegnete mit einem unterdrückten Fluch, da sie den Arm gerade zum Spiel ausgestreckt hatte. Ihre ruhige Hand löste nun etliche Stäbe aus labilster Lage, ohne andere zu bewegen. Seine unruhige hingegen war nicht einmal fähig, freiliegende Spitzen zu drücken, ohne daß sich im Stapel etwas rührte.

Schließlich lüpfte die ruhige Hand den ranghöchsten

Stab ohne die geringste Einwirkung auf die kreuzenden und überliegenden. Sie nahm ihn in beide Hände und zerbrach den Mikado in stillem Unfrieden. Das Spiel mit den wertvollen Stäben war für immer zerstört. Die unruhige Hand ergriff zitternd einen der untergeordneten Stäbe und hielt ihn wie einen Spieß umklammert. Der Mann betrachtete die nadelfeine Spitze. Er hatte kein anderes Empfinden mehr, als diese Spitze durch die linke Wange der Frau zu stoßen, durch ihre Zunge zu bohren und aus der rechten Wange wieder hinaus. Gestoßen und gestochen. Nicht jetzt. Aber eines Morgens, ja. Eines Morgens bestimmt. Eines Morgens wird es zu einigen sich überstürzenden Ereignissen kommen ... Man wird sich im nachhinein fragen, wie es überhaupt so lange hat dauern können, daß nichts geschah.

Die traurigen Gastgeber

Nach einem ausgedehnten Festessen am Vorabend waren ihre Gäste, ein Ehepaar, das sie in ihr Landhaus eingeladen hatten, am Morgen spurlos verschwunden. Mitten in der Nacht hatten sie sich still davongemacht, klammheimlich, ohne einen Abschiedsgruß zu hinterlassen.

»Wie kann das sein?« zerbrach sich die Gastgeberin den Kopf. »Was mag sie so verärgert haben? Gerade seine Frau machte doch den Eindruck, vor allem sie, daß es ihr gut gefalle bei uns. Sie schien sich zu freuen auf unseren gemeinsamen Tag. Morgen! rief sie mehrmals, also heute, morgen! Wie werden wir den morgigen Tag genießen, also heute, unser geplatztes Heute! Etwas wird ihnen nicht gepaßt haben. *Wir* werden ihnen nicht gepaßt haben, mein Herz. Die Betten, die Fenster, die Toilettenspülung, alles in diesem widerwärtigen Haus erregte ihr Mißfallen.«

Und der Gastgeber sagte: »Bei ihm, ihrem Mann, wußte ich nach wenigen Minuten, daß er nicht die richtigen Fragen stellen würde. Daß ihn nichts wirklich berührte hier draußen, weder die Hügel noch das Wildgehege noch die Volière noch die Menschenferne. Ich redete also selber von all dem Sehens- und Lobenswerten hier draußen. Er war ja der Gast, ich wollte ihm die Mühe des Lobens abnehmen. Er brauchte nur zuzustimmen. Er interessierte sich auch fürs Zustimmen. Natürlich, zustimmen ist bequem. Ich glaube auch, er war im tiefsten irgendwie abgelenkt. Er war nicht bei uns, nicht bei der schönen Umgebung und auch nicht bei seiner Frau. Nicht ganz bei der Sache. Er wiederholte hin und wieder, fast ein unbewußter Widerhall, mein letztes Wort, wenn ich eine Bemerkung mit besonderem Schliff abgeschlossen hatte. Es schien ihm zu gefallen, dieses oder jenes Wort, und er nahm es selbst in den Mund. Kostete es. Insoweit war er gerade noch bei der Sache. Er übernahm's, stimmte zu, ohne den geringsten Versuch einer eigenen Umschreibung, ohne ein einziges Mal die Floskel *Mit anderen Worten* zu benutzen, um dasselbe zu sagen, es wenigstens selbst zu sagen. Ein Mensch ohne eigenes Dafürhalten. Praktisch einwandlos. Ein Zustimmungsneurotiker. Einspruch, Widerspruch waren in der ganzen Anlage dieses Gesellschaftsmenschen einfach nicht vorhanden oder nicht mehr gebrauchsfähig. Aber seiner äußeren Erscheinung nach ein Mann mit Hintergrund, jedenfalls dem Hintergrund gewisser männlicher Erlebnisse, weitaus männlicher als ich, der Widerspruchsgeist, dem der Einwand stets auf der Lippe zittert, der dem Kontern förmlich entgegenfiebert. Und auch diesen Gast suchte ich mit einigen geradezu unverantworlichen Bemerkungen aus der Reserve zu locken, ohne Erfolg. Ich sah ihn neben mir, sah, wie er sich unbeirrt auf den stillen Pfaden der Zustimmung erging. Vom Typ her das ganze Gegenteil eines Kriechers, eine Bastion von Mann! Verglichen mit mir und meinem eifersüchtigen Gespür für den männlichen Ernst bei anderen.«

Seine Frau verwies ihm die Selbstbezichtigung und zog vielmehr den folgenden Schluß:

»Es ist ihnen zu danken, einem mit uns nur leicht befreundeten, seit heute nacht wieder völlig fremden Ehepaar, daß uns an diesem Morgen die Schuppen von den Augen fallen und wir das ganze Ausmaß der Bedeutungslosigkeit erkennen, die wir für andere besitzen. Das ist das Verdienst ihrer klammheimlichen Abreise. Sie soll uns eine Lehre sein. Dir wie mir. Vor allem aber: uns beiden.«

Rückkehr

Da gab es den Bäckermeister Alwin, der eines Morgens nicht mehr in seine Backstube kam, seine Frau Myriam verließ und nach Mexiko auswanderte. Dort kaufte er sich in eine Papierfabrik ein und wurde ein erfolgreicher Fabrikant. Schließlich gehörten ihm zwölf Papierfabriken in ganz Lateinamerika. Nach fünfundzwanzig Jahren kehrte er nach Hannover zurück. Dort lebte seine Frau immer noch in der kleinen Wohnung am Rande der Eilenriede. Sie war inzwischen fünfzig Jahre alt und litt eine bittere Armut. Als ihr Mann davon erfuhr, nahm er sich ein Herz und besuchte seine Frau in ihrer beider alten Bleibe. Die Frau saß bei einem Glas Pfirsichlikör an ihrem Tisch, an dem sie immer gesessen hatte, wenn die Küchenarbeit beendet war. Sie blickte auf, als ihr Mann plötzlich wieder neben ihr stand, und sah dann zurück auf die Tischplatte. Sie hörte, welch ein Angebot er ihr machte und welche Unterstützung er ihr versprach. Doch sie schüttelte den Kopf und bat ihn, sie wieder mit ihm allein zu lassen.

Erregungen

Solid Pendrar war in manchem ein Kind geblieben, eine zierliche Person, deren Reife länger als bei anderen zwischen Mädchen und Frau unentschieden schwankte. So trug sie mit zwanzig noch den Namen ihrer Lieblingsschokolade, den sie als Teenager angenommen hatte. (»Damals war Mona zu mir gekommen. Sie klingelte an der Wohnungstür. Sie fragte, ob ich bereit sei, drei verschiedene Sorten Schokolade zu essen und darüber einen Fragebogen auszufüllen. Sie machte Interviews für eine Süßwarenfabrik. Sie verdiente damit ihr Geld in den Semesterferien. Ich kostete von einer Vermicellschokolade mit Kastanienpüree. Von einer Wacholdercreme-Schokolade und von einer Schokolade unter dem Decknamen Solid Pendrar. Ihre Füllung wurde mir nicht bekannt gegeben und ich mußte ihren Geschmack besonders ausführlich beschreiben. Ich wußte, daß diese Sorte mein Leben verändern würde ...«)

Eines Tages nahm sie während ihres Aufenthaltes in M. an einer Stadtführung teil, die zum Kloster der Unbeschuhten Karmelitinnen führte. Dort im dunklen Seitenschiff der Basilika wurde sie plötzlich von einem unbekannten Mann bedrängt, der ihr ein Bündel Briefe in die Hand schob und sie am Arm festhielt.

»Bleiben Sie stehen! Warten Sie!« flüsterte er erregt.

»Was ist? Was wollen Sie von mir?« fragte Solid, und beide verharrten einen Augenblick, vom Schrecken gerührt. Wie manche Echse je nach Befinden ihre Färbung,

so wechselte in diesem Augenblick Solid vom unbe-
schwerten Mädchen zur resoluten Frau.

Während die Gruppe der Besucher sich hinüber in die
Vierung bewegte, sagte der Mann: »Ich will versuchen,
Sie nie wiederzusehen!«

Er küßte sie hastig und verzittert auf den Mund. Dann
ging er mit beeilten, ein unwürdiges Tempo nur müh-
sam unterdrückenden Schritten durch das Querhaus
zum Nordportal der Kirche, von wo er über den Kloster-
hof dann endlich losrannte.

Später – das geschlechtliche Empörungsrot war längst
abgeklungen – las Solid mit kindlich-grausamem Vergnügen die Briefe, die nicht an sie gerichtet waren, sondern an eine andere Frau, eine geliebte, vor allem aber
zutiefst gesehene Frau. In der höchsten Erregung der
Lossagung hatte der Unglückliche sie jedoch verwechselt und zum Abschied die Falsche geküßt.

Die Absicht

Er betrog keinen Unbekannten, sondern seinen liebsten Kollegen, dem er eine halbe Stunde zuvor noch beim Ausfüllen eines komplizierten Fragebogens behilflich war. Die Frau seines Kollegen trug zweifarbiges Haar, blau und schwarz, die rechte Strähne hing tiefer ins Gesicht als die linke. Sie lächelte beständig, es war das weiche Lächeln eines festen Entschlusses.

Sie hatte sich vorgenommen, einige Male mit einem anderen Mann zusammenzusein und dann nichts weiter mit ihm zu haben. Daraus sollte etwas zum Verschweigen werden. Es lag ihr nichts daran, ihren Mann zu betrügen, den sie ja liebte. Nur einmal sollte etwas geschehen, das sie vor ihm geheimhalten konnte, das sollte zu ihnen gehören wie der Einschluß einer Fliege in Bernstein. Der Freund ihres Mannes schleuderte seine Stiefel von den Füßen und sagte: Ich brauche jetzt Lackschuhe. Die Frau lächelte unverändert und stellte seine Stiefel in das parkende Auto. Doch Lackschuhe brachte sie nicht. Es gab keine. So ging er barfuß zu ihr.

Als sie aufhörte zu lächeln, sah sie ihn mit großen kalten Augen an. Doch ihr Hals wurde bis zum Kinn feuerrot. Sie bedeckte mit beiden Händen die vielen kleinen Warzen, Muttermale, Leberflecke auf ihrer Haut. Unter den erschrockenen Augen des Mannes, der sie zum ersten Mal sah, fühlte sie sich wie eine Unberührbare, die ihm ihren Aussatz verheimlicht hatte.

Dann sagte sie: Ich habe es nur getan, damit du dich

schämst vor deinem liebsten Kollegen. Ich will doch sehen, wie du meinem Mann nicht mehr in die Augen sehen kannst.

Entfernte Ähnlichkeit

Sie blickte aufwärts in den Innenspiegel. Es war dieser kurze, wiederholte Aufblick, der nach dem Fahrgast im Fond sucht und gleich wieder zum Verkehr abschwenkt. Der Geologe, den sie nach seinem Beruf ausfragte, sah das Lächeln einer jungen Frau, die damit beschäftigt war, einen neuen Kontakt aufzunehmen, während sie ihn vom Aachener Hauptbahnhof zum Tagungsort chauffierte.

Vielleicht weil er in der vergangenen Woche zum ersten Mal *21 Gramm* auf DVD gesehen hatte, fiel ihm eine entfernte Ähnlichkeit der Fahrerin mit Naomi Watts auf. Es war dieser wasserhelle Blick aus dem Spiegel, der ihn an Naomis Entsetzen erinnerte, als sie erfuhr, daß das transplantierte Herz ihres verstorbenen Mannes nun in ihrem Liebhaber schlug. Ein klarer, nichts verhehlender Blick. Keine Spur von Verdruckstheit, von heimlichen Wünschen oder kokettem So-tun-als-ob. Er sah das Gesicht einer Interessierten oder zumindest im Querformat ihre Augenpartie.

Er studierte die Züge eines sozialen Lächelns, das, wie er meinte, nach einem eigenen mimischen Begriff verlangte. Denn es hatte mit dem der Lust und des Lockens nichts gemein. Ihr Ziel war der Kontakt, der abwechslungsreiche, mit immer neuen Tagungsteilnehmern. Er dachte: Das möchte man doch genauer wissen, ob ein solch geradeaus waches Gesicht, jenseits von Unschuld, aber auch jenseits von Vorsicht und Versuchung, tatsächlich niemals einen Anflug von Zweideutigkeit zeigen würde? Und was wohl aus ihm, dem sozial Interessanten, für sie würde, wenn er mit ihr ins Bett ginge? Wahrscheinlich einer, mit dem sie wenig anfangen könnte, weil sie dort nichts Neues von ihm erfahren würde.

In einem virtuellen Probelauf – eine Technik, die ihm in Fleisch und Blut übergegangen war – veränderte er die Züge ihrer sozialen Wachheit, die ihm nun bekannt waren, zu solchen, die sie möglicherweise beim Empfinden intimer Berührungen zeigte.

Furchtbar war ihre Verwandlung, himmelschreiend das Unrecht, das ihn traf, nachdem sie die Grenze des Sozialen gemeinsam überschritten hatten. Es kam zu einer so befremdlichen Umarmung, als wäre ihr nie jene zarte Neugier vorausgegangen. Danach war alles vorbei. Ihr Gesicht war stumpf, ihre Blicke wie beschlagen von einem abschätzigen Ernst.

Hatte sie zuvor, immerzu sich erkundigend, eine ebenso sachliche wie freundliche Ergebenheit gezeigt, trafen ihn jetzt, kaum hatte er sich von ihrem Lager erhoben, die verächtlichsten, gröbsten Fragen, die sie wie nasse Lappen in seinen Nacken schleuderte.

Was willst du, was bildest du dir ein, wo steckst du, was soll das, wie kannst du nur, woher weißt du das. Banale, abgehackte, ihn anrempelnde Fragen. Gezischt, gekläfft, gefaucht.

Wie ein Arbeiter seine Werkkleidung am Abend in die Schmutzwäsche wirft, so sie nach dem Schweigen das schöne Kleid der Fragen, in dem sie ihn so bezaubert hatte.

Entsetzt brach er die virtuelle Begegnung ab und kehrte zu ihrem hellen wirklichen Blick zurück. Noch einmal überprüfte er ihn im Innenspiegel auf jeden verdächtigen Hintergrundschimmer, jeden auch nur schwächsten Anschein von Zweideutigkeit. Es war nichts zu erkennen, das auf eine Fähigkeit zu postkoitaler Verachtung hingedeutet hätte. Vielleicht beruhte der ganze Schrecken auf einem Lesefehler, der ihm beim Scannen ihrer mimischen Daten unterlaufen war? Statt dessen entdeckte er auf einmal zwischen ihren Brauen so etwas wie ein stilles Fragezeichen. Vielleicht eher ein Frage-Mal, denn es befand sich unweit der Stelle, an der auf der Stirn des Hindus der leuchtende Punkt haftet. Das Zeichen, das uns mitteilt: es ist nicht so und nicht so. Der unscheinbare Zwischen-Brauen-Knick über ihrer Nasenwurzel war ein ganz ähnliches Zeichen, das alles, was man über sie mutmaßte, zurückwies mit einem sanften: neti, neti. Weder dies noch anderes trifft zu.

*

Wir Männer standen neben unseren Stühlen oder lehnten an der Wand. Sie war im Raum die einzige, die saß. Eine blasse Blonde, vom Typ Naomi Watts, wenn man es nicht so genau nahm. Man konnte auch sagen: Sie machte auf jedermann den verwirrenden Eindruck einer Frau, die er auf den ersten Blick bereits *wiedersah*. Denn niemand, der auf sie ansprach, zweifelte daran, daß sie in seinem Leben irgendwo hingehörte.

Das hatte natürlich zur Voraussetzung, daß sie auch überall hinpaßte. Daß man ihr überall hätte begegnen können. Hinter der Supermarktkasse, im Sportstudio, hinter dem Kinderwagen, auf der Jahresversammlung der Wohnungseigentümer. Eine Frau, die jede beliebige andere an jedem beliebigen Ort ersetzen konnte. Das wäre unser Ideal gewesen. »Naomi« war nicht so weit davon entfernt. Jedenfalls hätte sie in einer mittelguten Ehe, wenn die Hauptakteurin aus irgendeinem Grund ausgefallen wäre, ohne weiteres einspringen können, ohne daß es besonders aufgefallen wäre. Sie hätte ihre Vorgängerin mit einem einzigen ihrer hellen Blicke aus dem Gedächtnis des Mannes gelöscht. Das war ihr Glamour und ihr böser Zauber. Die Allerweltsfrau mit ihrer die Farbe, das Leben, die Lust unwiderstehlich anziehenden Blässe.

Aber sie trank. Periodenweise. Sie hatte Wochen, in denen sie sich hemmungslos betäuben mußte. Wir vier waren das kleine Komitee, das sich gebildet hatte, um sie zu unterstützen, um ihr bei der Gestaltung ihres ungewöhnlichen Frauenlebens zur Hand zu gehen. Wir waren die geduldigsten Mitstreiter bei ihrem Kampf gegen die Flasche. Diese Flasche war zur Zeit noch halbvoll mit billigem Slibowitz, den sie Zug um Zug in ein dickwandiges Schnapsglas füllte. Wir diskutierten rings um den Tisch, während sie das randvolle Glas vorsichtig an die Lippen hob, den Schaden, den der Alkohol auf Dauer ihrem Glamour – oder wie wir gerne sagten: ihrem *nimbischen System* – zufügen könnte. Auch sie diskutierte mit. Sie baute ein umständliches Für und Wider um ihr Trinken auf, dem keiner von uns folgen mochte, da wir einseitig und ausschließlich das Wider vertraten.

Die blonde Bestie hättest du sein können, sagte einer halb im Spaß, halb kalt und bitter.

Ein neuartiges Laster wärst du gewesen, eine Frau zwischen Erinnerung und Gegenwart, eine Sphinx der entfernten Ähnlichkeit! Wie herrlich hättest du deine außerordentliche Seltenheit, deine sinnliche Begabung nutzen, dein Schicksal erfüllen können, wärst du nicht in den Rausch abgeglitten mitsamt deinem großen blonden Leben!

Sie nickte, aber nickte bockig und sagte: Wartet's doch ab. Es wird schon wieder.

Nein, sagte einer von uns, der neben dem hohen Fenster stand und geradezu von einem Vermeer-Licht überschwemmt wurde. Es kommt nicht von selbst. Du wirst nie wieder so stark, wie in den Augen der Männerwelt eine unbeugsame Blonde es sein muß.

Ich bin nur blaßblond, wandte sie ein und hob zur Beachtung den Zeigefinger vom Glas.

Unsere Verurteilungen und daß wir in unerbittlicher Vergangenheitsform von ihrem Glamour sprachen, schienen sie doch ein wenig beunruhigt zu haben. Sie setzte das Glas ungeleert wieder ab, nutzte die Hand, um sie flach auf die Tischplatte zu schlagen, und rief uns mit wiederaufflammendem Ehrgeiz zu: Nun wartet's doch ab!

*

Daß meine Frau und ich sie noch auf dem Bahnhof zu einem Mittagessen einluden und im selben Atemzug schon anfragten, ob sie vielleicht auch den Abend mit uns verbringen wolle, verdankte sich in erster Linie der ungenierten Neugierde Tanjas, die in der jungen Mitreisenden eine bekannte Schauspielerin entdeckt zu haben glaubte, auf deren Namen sie aber nicht kam. Während ich sie eher für ein etwas verwahrlostes spätes Mädchen hielt, eine leicht ansprechbare Person, die nicht so recht wußte, zu wem sie gehörte, eine blasse Blondine, die ziellos durch die Lande reiste, letztlich wohl eine Krippenreiterin, die von Gelegenheit zu Gelegenheit streunte.

Sie setzte sich im Restaurant übrigens nicht mit uns an den Tisch, sondern ein wenig abseits auf eine Bank für die Gepäckablage und ließ sich das warme Essen dort servieren.

Sie selbst trug keinerlei Gepäck bei sich und schaute sich immerzu um, als erwarte sie jemanden oder fühle sich von jemandem verfolgt. Sie schaute sich wiederholt um, auch während ich mit ihr sprach und behutsam ein paar Erkundigungen einholte. Und sie schaute sich auch um, statt mir in die Augen, als sie mir Antwort gab. Da ich seit jeher besonders reizbar bin, wenn ich an anderen Menschen auffällige Eigenarten oder Zwangshandlungen beobachten muß, die mit einem Mangel an Aufmerksamkeit mir gegenüber, der sich ihnen zuwendet, einhergehen, platzte ich nach einigen Minuten mit der Bemerkung heraus: Wenn sie das weiterhin tue oder ... falls sie es nicht unterlassen könne, sich unentwegt umzuschauen, während ich mit ihr rede, dann möchte sie doch bitte auf unsere Gesellschaft verzichten und sich aus dem Staube machen. Diese Drohung traf sie unverhofft und schien sie eine Sekunde lang zu schockieren. Darauf aber begegnete mir ein kurzer schneidender Blick, sie stand abrupt auf und verließ das

Bahnhofsrestaurant. Jedenfalls: nach uns schaute sie sich nicht mehr um.

Tanja, meine Frau, seufzte verdrossen, mein schroffes Benehmen war ihr peinlich und zuwider. »Aus der Traum. Das gilt für alle Verabredungen, die wir mit ihr getroffen haben.«

»Schlecht für dich«, entgegnete ich, als hätte ich einen Spieß umzukehren.

»Sie kommt nun auch am Abend nicht und unterhält sich mit dir, während ich mich ums Geschäftliche kümmere. Du mußt dich mit dir selbst beschäftigen.«

»Sie besorgt uns auch keine Opernkarten, mein Lieber. Willst du selber anstehen?«

Wir hatten sie im anfänglichen Überschwang neben allem übrigen auch zu einem gemeinsamen Opernbesuch eingeladen, einer Manon Lescaut-Premiere, für die sie sich in aller Herrgottsfrühe um Karten anstellen wollte.

Es ist wahr. Ich muß mich ein wenig korrigieren. Zwar hatte meine Frau als erste den Kontakt zu der blassen Blondine aufgenommen, aber ich war es dann vor allem, der im Überschwang der neuen Bekanntschaft mich gar nicht einhalten konnte, eine Verabredung nach der anderen mit ihr zu treffen. Eine gemeinsame Unternehmung nach der anderen ins Auge zu fassen, in Aussicht zu stellen, ohne zu wissen, mit wem ich es eigentlich zu tun hatte.

Es fing ja damit an, daß sie beim Verlassen des Zugs meine Frau nach dem Nordausgang des Bahnhofs gefragt hatte. Sicher, da hatte ich mich bereits vorgedrängt und übermütig geantwortet: Wir müssen auch dorthin! Es wäre uns ein Vergnügen, sie im Taxi mit in die Stadt zu nehmen. Darauf hatte sie erwidert, sie müsse vorher noch eine Kleinigkeit zu sich nehmen. Möglicherweise eine Ausrede, um sich nicht weiter auf uns einzulassen. Oder, wie ich jetzt vermute, gerade das Gegenteil, nämlich ein geübter Kniff der Krippenreiterin. Jedenfalls setzte ich sofort nach und fragte etwas süßlich, ob wir sie zu einem kleinen Mittagessen ausführen dürften. Während des verhältnismäßig kurzen Wegs vom Perron zum Bahnhofsrestaurant war es dann zu den vielen überstürzten Verabredungen gekommen, innerhalb eines geradezu frenetischen ersten Sichkennenlernens. Minuten voll ungezügelter Sympathie, jedenfalls meinerseits, der davon am liebsten, wie nach verflogenem Rausch, jetzt nichts mehr wahrhaben möchte. Denn dann kam der Schlag. Als sie sich im Restaurant auf die Bank setzte, das Essen etwas abseits zu sich nahm und sich als zwanghafte Zurückschauerin entpuppte.

»Nichts wissen wir jetzt über diesen Menschen«, sagte meine Frau.

»Es hätte sich vielleicht gelohnt, ein wenig mehr Geduld aufzubringen und sich nach ihren Problemen zu erkundigen.«

»Die Zwangshandlung, die ein Mensch ausführt, verzerrt sein Bild. Man kann ja auf nichts anderes achten. Man kann ihn gar nicht erkennen. Er steckt gleichsam hinter Gittern.«

»Aber was ist denn dabei? Sie hat sich umgeschaut. In einer fremden Umgebung. Sich mehrmals umgeschaut. Aus Vorsicht.«

»Sie hat sich triebhaft umgeschaut. Wie man sich nach einem Ausweg umschaut in ausweglöser Lage. In diese nämlich hat sie unsere Anwesenheit versetzt. Unsere freundliche Begleitung hat sie als ein Abgeführt-werden empfunden. Sie fühlte sich als eine Gefangene mit uns. Indem ich sie wegschickte, gab ich ihr die Freiheit wieder.«

»Du hättest wenigstens so lange warten können, bis ich darauf gekommen wäre, weshalb sie mir so bekannt vorkam.«

*

Wir Männer standen neben unseren Stühlen oder lehnten an der Wand. Es war ein endloses Herumstehen in einer völlig ungelösten Lage. Sie war die einzige im Raum, die saß. Mit auf dem Rücken verschränkten Armen, auf der Stuhlkante, ihren schwangeren Bauch vorstreckend. Zu Boden starrend. Den Teppich mit der Fußspitze anhebend, vielleicht hatten man ja was unter den Teppich gekehrt? Was wohl. Vielleicht wollte jetzt das, wonach alle suchten, die Lösung, unter dem Teppich hervorschlüpfen?

Einer von uns lehnte rücklings an der Heizungsrippe, immer die Fensterbank mit Zwergkaktus und Azaleentöpfchen im Kreuz, halb sitzend, halb abrutschend. Ein zweiter hinter seinem Thonetstuhl, beide Hände über die Lehne geschlungen, ihn anhebend und niedersetzend, sobald er was zu sagen hatte. Der dritte stand vor dem hohen Fenster, von einem sanften Vermeer-Licht überschwemmt. Ich selbst stemmte beide Arme gegen die nackte Wand, den Rücken zum Zimmer, wie jemand, den Ordnungskräfte nach Waffen abtasten. So daß letztlich keiner von uns einen anderen im Blick hatte und jeder für sich allein diese völlig ungelöste Lage ausstehen mußte. Für alle Ewigkeit, wie es schien.

Von außen gesehen: vier Männer also, die sich um eine junge Frau versammelt hatten. Das kleine Komitee. Erstens ihr Vater. Zweitens ihr stillgelegter Ehemann. Drittens ihr früherer Liebhaber. Viertens der zufällige Vater ihres noch ungeborenen Kinds. Von dem sie aber Stein und Bein schwor, daß er es nicht sei. Vier Männer, die alle nur das eine Interesse verfolgten: daß sie ihre Schwangerschaft abbrach. Sie hingegen bestand gegen jede vernünftige Einrede darauf, ihr Kind zur Welt zu bringen. Obschon ihr damit gedroht wurde, daß alle vier Männer dann die Beziehung zu ihr abbrechen würden.

»Und was wäre, wenn wir dich alle auf einmal verließen?«

Sie: »Dann verliere ich vier Männer auf einen Schlag.«

Ihr Vater: »Selbst dann, wenn *ich* dich verließe?«

Sie: »Selbst dann.«

Wir waren wieder an einen toten Punkt gelangt.

An solch einem Punkt versuchte sie gewöhnlich, uns ein wenig aufzuheitern. Denn sie war ja im Raum der einzige glückliche Mensch. Aber wir waren für nichts anderes ansprechbar als für das ungeborene Kind.

Sie: Kannst du –?

Der Vater, den Thonetstuhl auf den Boden klopfend: Nein!

Der Mann im Vermeer-Licht: Warum denn nicht?

Sie: Schon gut. Hört ihr mir zu oder nicht? ... Ich hätte manchmal gern über jeden von euch etwas Böses heimlich zum anderen gesagt. Ein bißchen gelästert hätte ich für mein Leben gern über jeden von euch, das braucht doch der Mensch. War leider nicht möglich. Es macht aber keinen Spaß, sich ein bißchen Böses bloß auszudenken und bei sich zu behalten. Dann läßt man es lieber und denkt sich nichts mehr aus. Im Grunde bin ich heute eine Frau ohne Hintergedanken. Männer wollen lieber nahe an jemand ran, der ihnen was vorenthält. Etwas vor ihnen verbirgt. Sie schnüffeln wie die Hunde nach dem Unrat in dir. Nicht das Herz zieht sie an, sondern die Mördergrube, die du daraus machst.«

Ihr Vater: »Du hast genug Männer gekannt. Viel zu viele.«

Sie: »Ich habe viel zu wenige gekannt!«

Ich, ihrem Vater nach: »Doch. Hast du. Viel zu viele.«

Damit war nun der nächste tote Punkt erreicht. Wir waren schließlich dankbar, als es dann doch irgendwie weiterging und sie wieder das Wort ergriff.

»Was gibt's noch? So vieles, was ich euch noch sagen wollte. So vieles, dem ich bis heute nicht auf die Schliche kam. Die Sache zwischen Mann und Frau. Ich war nie klug genug, um dabei hinter die Kulissen zu schauen. Irgend etwas Besonderes hatte ich aber noch vor in dieser Sache. Nichts unbedingt Atemberaubendes, aber ein Tüpfchen obendrauf, das fehlte mir noch. Daran wird's wohl gelegen haben. Die Meßlatte zu hoch gelegt. Meine Ziele vermutlich zu ehrgeizig. Ich habe es nicht rausbekommen, was eigentlich dahintersteckt. Aber wer hätte es mir zeigen sollen? Ihr? Wart dazu nicht in der Lage. Wer kam sonst noch in Frage? Gab es jemanden, der mir, sagen wir ... *über alle Maßen* ... lieb war? Schön altertümlich, über-alle-Maßen. Wie das klingt! Aber darum dreht sich die ganze Sache. Sonst läßt man es besser. Oder erwischt's erst im letzten Augenblick. Wie's mir erging. Mit dem Vater meines Kinds.«

*

Am Tag nach ihrem Anruf kehrte der junge Geologe nach Aachen zurück. Er ging in seiner neuen Wohnung von Fenster zu Fenster und blickte unruhig auf den kleinen Platz vor dem Haus, der von anhaltendem Regen überschwemmt wurde. Ihm war, als ob sein gebanntes Hinabschauen das Wasser steigen ließe, geradezu aus den Gullys zöge. Er dachte mit Unbehagen an den engen Hausflur, der dazu noch eingerüstet war, so daß selbst er, der Schmalgebaute, kaum an den Briefkästen vorbeikam.

An der Straßenecke parkte ein Audi der Sportklasse, bei dem plötzlich die Alarmsirene ansprang. Es schrillte, es hupte und heulte fürchterlich, die Scheinwerfer blendeten auf und ab. Ein Passant schlug mit beiden Fäusten auf die Karosserie. Alles im Regen. Im gleichen Stockwerk gegenüber trat eine nackte Frau auf den Balkon und warf einen Geranientopf auf die Kühlerhaube. Bei allen lagen die Nerven bloß. Wahrscheinlich wegen des unaufhörlichen Regens. Dann klingelte es. Naomi stand vor der Tür. Sie hatte wegen des Unwetters etwas länger gebraucht.

Die Möbel

Ein junger Telefontechniker, Züchter von Dalmatinern im Nebenberuf, kam am frühen Nachmittag, etwas zu früh, von seiner Arbeit nach Hause. Er fand seine Wohnung kahl, vollkommen ausgeräumt. Seine Frau aber stand an der nackten Wand, lehnte mit dem Rücken an, und ihr gegenüber, ebenfalls mit dem Rücken an die Wand gelehnt, stand ein Mann, den er nie zuvor gesehen hatte. Beide atmeten erschöpft in den letzten Zügen eines langen Streits, eines die Affäre beendenden, wie es schien, denn die Worte, die sie jetzt noch wechselten, troffen wie aus einer ausgepreßten Leidenschaftsfrucht und ihr Sinn entglitt ins Abstruse.

Er, dieser Fremde, sagte: Wenn wir die Möbel tiefer ins Zimmer gerückt hätten ... Tiefer, ganz tief, nach hinten, noch tiefer ...

Seine ihm nicht weniger fremde Frau sagte: Das Zimmer ist nicht so tief, daß man sich irgend etwas hätte vom Leib rücken können. Und schon gar nicht, um es genau zu sagen, mich etwa.

Da bemerkte er an seiner Frau ein vorher nie gesehenes Rucken des Kopfes, und zwar zu dem anderen hin, dem Fremden, so wie man jemanden mit angehobenem Kinn auf- oder herausfordert: Komm Komm Komm! ... Ich zeig es dir! Aber nichts kam mehr von der anderen Seite. Sie ruckte den Kopf auffordernd, ohne noch etwas zu erwarten, als sei es ihr schon zur Marotte geworden.

Der Mann, der heimkehren wollte, drehte dieser ihm vollkommen unbegreiflichen oder unzugänglichen Realität kurz entschlossen den Rücken, verließ die Wohnung und unternahm erst Stunden später einen zweiten Versuch nach Hause zu kommen. Tatsächlich fand er diesmal seine Wohnung getreu so eingerichtet, wie er sie am Morgen verlassen hatte. Auch begrüßte ihn wie an jedem Feierabend seine Frau, wenn auch die Zeichen der Erschöpfung nicht ganz von ihr gewichen waren. Doch ein dritter Mensch befand sich augenscheinlich nicht mehr in seinen vier Wänden. Also ließ er die Sache auf sich beruhen.

Die Firle

In einem dunklen, stickigen, überladenen Salon, einem letzten Ableger großbürgerlicher Wohnverhältnisse, hausen die Firle, die staubgefüllten Teppichgeister. Überall sieht man ihre knolligen, tennisballgroßen Köpfe auf dem Boden, in den Ecken der Sessel und der Chaiselongues, und diese Knäuelköpfe tragen über der Stirn die Attrappen kleiner Körper wie hochgeklappte Masken. Menschlein sind das wie aus Schnittmusterbögen, deren Füße auf den Ohren der Firle stehen, so daß der Firl-Kopf selbst wie von dem glanzpapierenen Körperchen herabgefallen und eben wie geköpft erscheint. Diese Wesen grunzen und kollern und verlangen vom uralten Salonherrn, daß er ihnen einmal sein Mädchen, seine Gespielin, die mit der herrlichen Stimme, in aller Helligkeit vorführe, einmal nackt und in vollem Licht.

Nun gut, sagt der Urbewohner des Salons, wir können es ja darauf ankommen lassen. Einmal – ein einziges Mal ziehe ich alle Vorhänge auf. Ein einziges Mal seht ihr meine kleine Freundin in all ihrer Schönheit, wie ihr es wünscht. Aber bedenkt auch die Gefahr: das grelle Licht, das ins Zimmer fällt, dazu ihre blendende Erscheinung, sie könnten euch vernichten. Beim Anblick ihrer Schönheit werdet ihr Staubknäule euch auflösen und zerfallen.

Dazu meinten nun die Firle: Es genügte wohl, wenn nur ein Spalt des Vorhangs geöffnet würde, vor den dann die Kleine hinträte und nur für einige Sekunden in mildem Zwielicht zu betrachten wäre. So geschah es denn auch. Und die Firle sahen das Mädchen. Es war ein nackter, ausgezehrter, fast rachitischer Leib mit dürren krummen Schultern, todtraurigen Brüstchen und spirrligen Beinen. Da erkannten die Firle, daß das Mädchen dem Reich des finsteren Zimmers angehörte und nicht, wie sie gehofft hatten, einer helleren Gegend, womöglich der wirklichen Außenwelt. Die Kleine blickte verlegen zu Boden, ihre Nacktheit war wie ein graues verschossenes Kleid. Aber kaum war der Vorhang wieder geschlossen, da hörten die Firle erneut ihre betörende Stimme. Sie hörten, wie sie den Alten empfing und beide mit hellen Rufen sich liebten und miteinander sangen. Aber da nun die Firle gesehen hatten, welch ärmliches Leiblein den Zimmerherrn in solches Entzücken versetzte, konnten sie ihn nicht mehr beneiden und erkannten die Liebe überhaupt als einen im Straßenlicht aufblitzenden Wirbel von Staub, eine kleine Hervorbringung, ein Aufwehen aus ihrer eigenen staubig-stickigen und völlig verdunkelten Zimmerwelt.

Das Billett

Schon ein alter Sohn, saß der verwitwete M. mit seinen uralten Eltern beim Kartenspiel. Die Mutter, die von Zeit zu Zeit noch einmal eine Leidenschaft für ihren Mann ergriff, als wäre sie frisch verliebt – aber es war gerade deshalb, weil sie zusammen so alt geworden waren und immer noch ein gutes Paar! – die Mutter also störte es, daß der Mann gar nichts von ihrem jugendlichen Erröten bemerkte und die meiste Zeit tonlos vor sich hin pfiff. Da sann sie auf eine kleine Intrige, bei der ihr Sohn als Komplize mitwirken mußte. Unter seine Karten war das Billetdoux eines Liebhabers gemischt, das sie mit verstellter Handschrift und in altmodischem Stil selbst verfaßt hatte. Der Sohn ließ, wie verabredet, nach einigen Spielrunden plötzlich seine brennende Zigarette aus dem Mund fallen. In heftiger Bewegung versuchte er sein scheinbares Mißgeschick zu beheben, kniete am Boden, um die Kippe aufzunehmen und den angesengten Teppichflor zu putzen. Unterdessen schob er das aufgefächerte Kartenspiel dem Vater in die Hand, so daß dieser nicht umhinkonnte, das Blatt seines Sohns zu mustern und dabei auf die Liebesadresse an seine Frau stieß.

In diesem Augenblick rief aber sein Mütterchen wider jede Verabredung: Nein! Bitte lies es nicht. Es ist ja nur ein Spaß!

Nachdem der Vater nun doch das Billett gelesen hatte, gab er es ungerührt, mit einem gutmütigen Kopfschütteln an seine vorwitzige Frau zurück und sagte: Was dir nicht alles durch den Kopf geht!

Ja, wie konnte sie nur! Aber der Sohn war verärgert und fragte sie später, weshalb sie das ausgedachte Manöver nicht bis zum Ende geführt habe. Die Greisin antwortete in aller Unschuld: Ich fürchtete plötzlich, es könne ihm das Herz stehenbleiben, wenn er den Zettel liest!

Joëfred

Alfred Ruf, ehemals Assistent an einem Lehrstuhl für Philosophiegeschichte, hatte viele Jahre von der Sozialhilfe gelebt, als er aufgefordert wurde, sich zum Gymnasiallehrer, Deutsch und Geschichte, *umbilden* zu lassen – umschulen wollte er nicht sagen. Eines Tages also stand er in seiner ganzen Erschrockenheit vor einer höheren Klasse. Seine Aufgabe, so vielen Jugendlichen auf einmal etwas beizubringen, schien ihm zunächst die Sprache zu verschlagen. Kaum hatte er die erste Hemmung überwunden, fragte er hastig die üblichen Fragen nach Erwartung und Erfahrung seiner Schüler. Jedoch, statt sich ihrer Antwort zu widmen, trat er Hals über Kopf die Flucht in lange Monologe an. Unvermittelt bekam die Klasse Kenntnis von seiner nächtlichen Lektüre spanischer Philosophen, María Zambrano und Ortega y Gasset. Und von dort ging's weiter auf immer neuen Abwegen und entlegenen Pfaden. Nur eine Schülerin hörte ihm aufmerksam zu, und schließlich wandte er sich nur noch an sie.

»Die großen Universitätslehrer der Renaissance ließen sich zuweilen bei Unpäßlichkeit von ihren Töchtern vertreten. Damit aber die Studenten von ihrer Schönheit nicht abgelenkt würden, dozierten sie hinter einem Vorhang. So ist die Lehre schon früh auch ein Verdienst schöner und kluger Frauen gewesen.«

»Ich bin nicht Ihre Tochter, und ich kann auch als Ihre Schülerin für Sie nicht einspringen«, sagte nach dem Unterricht die einzige Aufmerksame, Dorothee Mach.

Der Lehrer klagte, er könne nicht vor einer Klasse stehen. Er könne das fortwährende Angestarrtwerden nicht ertragen. Er könne es nicht ertragen, von achtundzwanzig Augenpaaren so abschätzig gemustert zu werden. Er sei sein Leben lang ein *zentrophober* Mensch gewesen. Jedem Mittelpunkt ausgewichen, wie andere nicht über leere Plätze gehen können, die er wiederum liebe und suche. Er sei mit seinem verstorbenen Freund, einem philosophisch interessierten Hautarzt, immer allein gewesen, immer zu zweit, und sie hätten sich ausgetauscht bis in den frühen Morgen, dabei keineswegs monologisiert, sondern endlose Zwiegespräche geführt. Dorothee schlug ihm vor, in der Klasse auch zukünftig ausschließlich zu ihr hin zu sprechen.

Das widerspreche seinem Auftrag, erwiderte er, ein Lehrer müsse selbstverständlich die ganze Klasse unterrichten. Sie sah ihn leiden und an seinem Amt verzweifeln. Da sagte sie zu ihm, er dürfe nicht länger Lehrer sein. Sie wolle nun an die Stelle seines verstorbenen Freundes treten.

Wovon soll ich leben? fragte er, ich muß Lehrer sein.

Nun, sie würde sich gewisse Umstände machen, um die nötigen Mittel zu beschaffen. Sie könne ihn dann als Privatlehrer für Philosophie engagieren. Man müsse sich einrichten. Aber es werde schon gehen.

Wie soll das möglich sein? fragte er verzagt und schien in seiner Mutlosigkeit gleichwohl ein wenig aufzuhorchen. Sie meinte, er möge auf ihren Vorschlag ohne Bedenken eingehen. Er müsse zunächst für ein knappes halbes Jahr noch im Lehramt bleiben und nebenher ihr den Privatunterricht erteilen. Nur dürfe davon in der Schule nichts bekannt werden.

Er wünsche aber nicht ein Verhältnis mit ihr zu beginnen, unterbrach sie der Lehrer, sondern er suche die gemeinsame Erörterung ohne Ziel. Danach verlange ihn wie andere nach der Bergwanderung oder dem Wellenreiten.

Tatsächlich verdiente sie sich das erste Geld als Model für Versandhauskataloge. Dann, etwas mehr, durch gelegentliche Besuche bei gutsituierten Herren. Sie bezahlte ihn großzügig für ihren Unterricht. Er schied aus dem Lehramt, und kurz darauf machte sie das Abitur. Die langen Gespräche zwischen den beiden waren nun frei von äußeren Rücksichten. Ihr Altersunterschied betrug gut siebzehn Jahre.

Jedesmal, wenn beide sich an schöner Rede berauscht hatten, wäre es für Dorothee die natürlichste Sache der Welt gewesen, die aufregende Verständigung in einer Umarmung sich lösen und vollenden zu lassen.

Du bist eine Zumutung für mich und mein Liebesleben! rief sie. Wollen wir uns nicht wenigstens *einmal* vereinigen?

Alfred Ruf antwortete ihr ohne Umschweife: Dafür bin ich nicht der Richtige. Es ist mir nicht möglich. Ich führe das Leben eines anderen. Ich bin nur stellvertretend für ihn auf der Welt und werde mich immer nur im engen Rahmen seiner Möglichkeiten und Einschränkungen bewegen, das heißt: eigentlich nicht bewegen können. Ich stecke zwar nicht in seiner Haut, aber ich stehe unablässig unter seinem Einfluß. Im Grunde gebe ich ein getreues Wiederlauten von mir und spreche nicht mit eigenen Worten. Ich habe ihn übernommen. Ich lebe stellvertretend für Joë.

Joë – das war der Dichter Joë Bousquet. Er lebte in der ersten Hälfte des vorigen Jahrhunderts in der südfranzösischen Stadt Carcassonne. In jungen Jahren ein stürmisch Verzweifelter, der sich mit Lastern betäubte, Rauschgift, Mädchen, Anarchie, kam ihm der Erste Weltkrieg wie gerufen. Mit dem blinden Übermut seiner Jugend schritt er im Regiment. Er kämpfte an der Front, es wurde sein letzter höchster Rausch, die Raserei des Draufgängers. Eine Kugel riß ihn aus dem Leben, gab ihm aber nicht den Tod. Vierzig Jahre lag er von nun an gelähmt zu Bett. In einem stets verdunkelten Zimmer empfing er seine Freunde und seine Geliebten, schrieb er seine betörenden Briefe und Bücher, beglänzt immerzu von einem unterirdischen Morgenrot, *l'aube souterraine*.

Der Querschnittsgelähmte sprach zum Körper der Lüste, eine sinnliche Sprache zog aus dem dunklen Zimmer in die Welt hinaus, und sein eigener Körper verzehrte sich zeitlebens nach einer Antwort in einer ebensolchen Sprache. Vergebens natürlich, denn das Verlangen, das Sprache anzetteln kann, vermag sie doch selber niemals zu stillen. Der Mann, der die Liebe wurde, bestand nur aus Haut, Wort und Unbeweglichkeit.

Und deshalb gibt es nun Joëfred. Eine Verschmelzung. Der Erstarrte in seinem Bett, der unersättliche Mystiker der ersten Jahrhunderthälfte ... verschmolzen mit mir, dem späten, bis zur Unbeweglichkeit erschrockenen Lehrer. Verschmolzen in einer gemeinsamen langen Rede ohne Ziel.

Die Mädchen von Carcassonne, selbst die scheusten, kamen zu ihm, schlüpften morgens in sein dunkles Zimmer, um den Gelähmten von der Liebe sprechen zu hören. Von ihm trugen sie Worte davon, die sie nie wieder vergaßen. Von ihren Freunden hingegen nichts als ein bißchen verderblichen Samen. Manchmal entkleideten sie sich, erst bis zum Leibchen, dann bis auf die Haut, wenn er sonst nicht schön genug sprach.

Eines Morgens kam auch ein bildhübscher Junge zu ihm und forderte ihn auf, über die Liebe zu reden – die Liebe zwischen Mann und Mann.

Joë sah ihn eine Weile schweigend an, es tat ihm leid, um der Schönheit des Jungen willen. Dann sagte er:

Dafür bin ich nicht der Richtige. Es ist mir nicht möglich. Ich führe das Leben eines anderen.

Vielleicht hast du schon von ihm gehört? Ich meine den litauisch-russischen Diplomaten Kazimir Nikolai Bestandis, der zur Zeit – und im Schutze – der Pariser Commune aus seinem Leiden, einem intimen Defekt, ein Geschäft der Leidenschaft machte. Berühmt wurde er unter dem Namen Casanova Aspermos, der Unergiebige von Vilnius. Ein Mann, der Hunderte von Frauen berührte, ohne je mit einer glücklich zu werden, denn er gelangte niemals zum Samenerguß. Ich erlebe und wiederhole seine bestürzende Gier, es sind die Phantasien eines drangvoll Ohnmächtigen. Eines Sisyphos der Lüste! Es kommt wahrlich alles bei ihm vor, schrankenlos, was zwischen Mann und Frau sich überhaupt ereignen kann. Aber niemals auch nur ein Anflug von gleichgeschlechtlicher Liebe.

Vielleicht sein entscheidendes Versäumnis, sagte der Jüngling und zeigte ein altkluges, säuerliches Schmunzeln.

Das Leben des Kazimir Nikolai, so schloß der Gelähmte, kannte nicht einen einzigen vollendeten Liebesakt. Ob du es glaubst oder nicht, erst im Augenblick des Todes, erst mit seinem letzten Atemzug gab er einen ohrenbetäubenden Lustschrei von sich, und der gefangene Segen befreite sich in einem einzigen Ausbruch ...

Ich verstehe nun, womit Sie den kleinen Mädchen den Kopf verdrehen. Sie erzählen ihnen sexuelle Märchen.

Aber, mein Junge, hör mir zu! Auch der litauische Diplomat stand ja unter Einfluß. Der zu ewiger Verhaltung verfluchte Casanova, auch er lebte nur ein stellvertretendes Leben, denn er war ein ergebener Erbe und Nachfolger des legendären schottischen Heilers John Quentin Morrow, welcher am Hofe –

Es ist gut, unterbrach ihn der Jüngling. Ich sehe schon, es bilden alle die, die nicht können, eine ausgesprochen fruchtbare Familie über die Epochen und Jahrhunderte hin. Vorgänger und Nachfolger scheinen sich in einer Intimität zu Paaren zu binden, von der wir, die armen *Gleichzeitigen* der Vereinigung, bis heute nicht die richtige Vorstellung besaßen.

Joë wußte nicht recht, ob sich der hübsche Junge über ihn lustig machte oder ob er sich mit diesen Worten selber auf den Weg zu einem Vorgänger begeben hatte.

Ist das alles? fragte Dorothee ihren Lehrer.

Ja, das ist alles, antwortete er, und seine Rede war beendet.

War das nun Unterricht oder eine lange Ausrede?

Alfred oder Joëfred senkte den Kopf und hob die Schultern. Dorothee legte ihm den üblichen Ausgleich auf den Tisch und ließ ihren Lehrer allein.

Sie rief an diesem Abend einen ihrer jüngeren Freier an und sagte in harschem Ton: Du wirst mich heute besuchen. Diesmal bezahle ich dich.

Bis dahin aber kam es nicht, denn sie empfand ein bitteres Ungenügen in den Armen des plumpen Mannes. Sie litt unter seinen abgegriffenen Zärtlichkeiten und flüsterte ihm einen gutgemeinten Rat ins Ohr. Der Mann wurde puterrot, küßte sie plötzlich mit schrecklicher Wut und biß ihr ein Stück Fleisch aus der Unterlippe. Dann wälzte er sich vom Bett, spuckte es mit Blut auf den Boden und ließ die vor Schmerz Schreiende allein.

Ihre Lippe wurde geflickt, aber trotz der chirurgischen Kunst behielt sie einen entstellten Mund. Sie legte deshalb manchmal einen Mundschutz um, wie er bei Erkältungen benutzt wird. Später zog sie es vor, einen flachen Damenhut mit feinem, gepunkteten Schleier zu tragen, so daß auf der Straße mancher glaubte, sie wolle eine neue Mode einführen und die Toque aus dem vergangenen Jahrhundert wiederbeleben. Sie war entschlossen, nie wieder zu ihrem Lehrer zu gehen, und verschwand aus seinem näheren Umkreis. Sie schickte ihm einen nüchternen Zettel, auf dem stand: Ich habe mein *Projekt* nicht durchziehen können. Du mußt nun für dich selber sorgen. Dorothee.

Das Geld blieb im folgenden Monat und dann für immer aus. Der Lehrer, der nie wieder unterrichten wollte, sah sich gezwungen, eine Stelle im Außendienst einer Versicherungsgesellschaft anzunehmen.

Der Alleinherrscher

Ein Bergsteiger betrat die verfallene Hütte unterhalb des Holleggergipfels.

»Lebt hier jemand?« rief er.

»Ja«, antwortete eine Stimme. Ein Mann lag auf der Strohmatte und konnte sich nicht bewegen. »Hier lebe ich in Wohlstand, in Unzucht und Vergnügungssucht.«

Der Eindringling trat näher heran und betrachtete den hageren, ausgestreckten Hüttenbewohner.

»So? Sie liegen in zweitausend Meter Höhe einsam und ausgezehrt zitternd auf einer Matte und nennen das ein üppiges Leben?«

»Wohlstand! Bequemlichkeit! Funkelnagelneues!« stieß der Ausgemergelte hervor, als riefe er drei Heilige an.

»Phantasieren Sie? Leiden Sie unter einem Höhenrausch?«

»Ich phantasiere nicht«, entgegnete er, »und ich male mir nichts aus. Ich spreche von jenen Lebensumständen, denen ich mit allen Fasern verhaftet und verfallen bin. Nämlich unaufhaltsam zu prassen und zu genießen, denn das ist mein ganzer Zeitvertreib.«

»Sie halten sich, Freund, hier oben mit bitterer Ironie über Wasser. Wohl über dem Wasser einer drohenden Ohnmacht, denn ich sehe, Sie sind schwach und Ihre Hand gleitet beständig vom Mattenrand ab.«

»Ironie? Nein. Stählerne Gewißheit.«

»Wie kann ich Ihnen helfen? Sie sind ja nahe dem

Verhungern. Seit wann liegen Sie so notdürftig hier am Boden?«

»Ich weiß es nicht. Es mögen Wochen, vielleicht Monate, vielleicht schon mehr als ein Jahr vergangen sein. Meine grenzenlose Faulheit, mein hemmungsloses Wohlbehagen haben mir den Zeitsinn geraubt.«

»Geben Sie wenigstens zu, daß Sie sich in einem verfallenen Hirtenschlag auf einer beinah unzugänglichen Alm weit oben im Hochgebirge befinden und augenscheinlich dabei sind zu erfrieren und vom Fleische zu fallen? Geben Sie das erst einmal zu?«

»Das mag schon sein. Doch was nützt es, wenn ich nun einmal nichts anderes spüre als immerzu des reichen Mannes Angst vor dem Tod.«

»Ah! So verhält es sich. Ein Reicher sind Sie. Und wollen hier oben büßen für Ihre Ausschweifungen und Ausbeutungen unten im Tal, nicht wahr?«

»Keineswegs. Ein Reicher bin ich durchaus nicht, sondern lediglich ein reichlich Verwöhnter, das bin ich, davon spreche ich. Im Tal unten war ich Busfahrer. Sie werden mich daher nicht zu den finanziell Begüterten zählen können. Dennoch bin ich hier hochgestiegen und sofort dem Einfluß eines ungeheuren Wohllebens verfallen.«

»Wo in Dreiteufelsnamen ist denn Ihre Pracht, ihr wildes Geprange? Ich sehe nichts. Wo sind die Häuser auf Capri mit Swimmingpool, die Gestüte, die Frauen, die Wertpapiere? Alles, was heute jeder Versicherungsmakler besitzt. Ich sehe nichts davon in Ihrer werten Umgebung, außer ein feuchtes Lager, ein zerrissenes Hemd an Ihrem Leib und Augenhöhlen, so eingefallen, daß sie in der Tat an die Grotten von Capri erinnern.

Oder haben Sie etwa einen Batzen Gold unter Ihrer Matte versteckt?«

»Sie sehen nichts«, antwortete der Hüttenmann in aller Ruhe, denn er hatte keinen Batzen Gold unter seiner Matte versteckt. Er hatte nicht einmal mehr eine runde Münze zum Auswerfen einer Entscheidung, und sein einziges Wertpapier, sein Fahrvertrag, war längst hinfällig geworden.

»Ich lebe in materiellem Überfluß und werde es immer tun, wohin ich mich auch verziehen mag. Je höher hinauf, je einsamer von allen weg, um so überwältigender seine Wirkung. Denn ich kenne kein Bekenntnis zu keinem Gott und weiß nicht, an wen mich wenden, wenn mich der ungeheure Überfluß der Dinge einmal verläßt. Wenn er mich einmal auf dem trockenen sitzenläßt, sozusagen.«

»Sie haben sich seit Wochen oder Monaten die allergrößten Entbehrungen auferlegt. Sie tranken, wie ich vermute, Regenwasser und aßen Beeren. Sie sind doch gestählt, guter Mann, und werden jede Krise, jeden Notstand leichter als andere Menschen überstehen.«

»Gestählt ... gestählt«, murmelte der Einsiedler und hörte den Fremden nur noch von ferne reden.

»Sie haben niemanden gesehen? Sie haben keine Zeitung gelesen hier oben? Sie wissen nicht, was sich unten zutrug im Tal?«

»Nein. Ich habe niemanden gesehen und nichts gelesen. Dennoch sind die Nachrichten nur so über mich hereingebrochen. Und jede Menge heiterer Wortspiele, jede Menge Scharwenzeln. Was für eine Stimmung kam in die Bude! Ein Taubenschlag! Menschen! Menschen! Welch ein geselliges Gelächter erschütterte meine Lippen! Mit den Klugen war ich klug, mit den Verspielten verspielt; mit den Verwaltern verwaltete ich, mit den Säumenden war ich säumig. Ein Mitmensch in vollen Zügen ... Menschen! Menschen! Ich war verurteilt, mich hindurchzufinden. Ich war verurteilt, erst ein Komiker zu werden, dann ein Potentat. Ich mußte sie ja irgendwie unterhalten, dann für sie aufkommen. Nie gehörte Vornamen schlüpften über meine Lippen. Familie, Sippschaft, Völkerschar und Menschheitsfülle: sie brachen aus mir hervor und versickerten zwischen den Körnern des bergeversetzenden Staubs. Zwei Unsummen, der Samen meiner Lende und der Staub der Erde, sie haben sich vor meinen Augen vermählt und zeugten eine unübersehbare Nachkommenschaft.«

»Aber sonst war niemand da?« fragte der Eindringling.

»Doch. Einmal kam der Vetter herauf aus dem Tal. Er erzählte vom Tod meiner Mutter. Sie war im Krankenhaus gestorben. Mich hatte sie schon seit langem vergessen. Ihren Sohn. Ich war für sie aus der Welt. Ich hatte dem Vetter nichts zu sagen. Ich habe nicht mit ihm gesprochen. Allerdings habe ich danach weniger nachgedacht als früher.«

»Keinen Kalender haben Sie, keine Uhr?«

»Nein. Ich habe Zeit in Hülle und Fülle. Ich muß nur darauf achten, daß ich nicht genudelt und gemästet werde und in der Folge erschlaffe wie ein fetter Potentat. Ich habe mit dem Jahr gelebt, und das Jahr zog durch meine Hände. Man muß eben seine ganze Macht entfalten, damit einen der Berg nicht unterkriegt ...«

Verlorene Liebesmüh

Ihr Schwiegervater, ein untersetzter runder Mann, saß auf der Ledercouch und zweifelte, ob er nicht besser aufgeben solle. Nicht mehr mitmachen, endlich Schluß mit der *verlorenen Liebesmüh.* Und wenn er beide Arme genügend weit ausgelegt hatte auf der Rückenlehne, dann sagte er, daß das alles *so* nicht weitergehen könne. Die Schwiegertochter hörte geduldig zu, empfahl ihm jedoch – sie sprach leise unter seinen Worten hinweg: »Knöpf doch bitte deine Jacke auf!« Über seinem Bauch spannte das mit einem Knopf zusammengehaltene Jackett. Er dachte aber so heftig ans Aufgeben und Es-sein-Lassen, daß er die Bitte der Schwiegertochter jedesmal überhörte. Sie wurde auch stetig leiser und war nach dem fünften Mal nur noch ein Fingerzeig. Vielleicht schien es ihm auch zu unwesentlich oder einfach unpassend, im Zuge seiner bittersten Eingeständnisse, daß er's nicht geschafft habe, daß seine Zeit vorbei sei, lediglich an seiner Kleidung etwas zu korrigieren. Mit Genuß sich selbst quälend kam er immer wieder auf das Publikum zu sprechen, das sich zu seinen landschaftshistorischen Vorträgen in immer geringerer Zahl einfand.

»Ach Gott, die Selbstherrlichkeit dieser Menschen! Dieser Leutchen! ... Du weißt doch, die Führungen, die kleinen Veranstaltungen, die Vortragsreihen und was ich nicht alles arrangierte, um Leute in den Park zu locken, aber das alles scheint nicht mehr besonders gefragt zu sein. Nicht *innovativ* genug für heutige Ansprüche. Schade. Ich weiß nicht, weshalb man aus allem immer ein großes Spektakel machen muß? Doch, doch. Die Menschen wollen durchaus Vorträge hören. Aber nicht meine. Sie verstehen mich nicht. Weil ich reden kann! Weil *ich* ein Redner *bin*. Das ist das Ausgestorbene an mir. Ein allgemein ausgestorbenes Talent, das bin ich. Deshalb kommen sie nicht oder nur wenige.«

»Knöpf oder knüpf dir doch bitte die Jacke auf.«

»*Ich* kann reden. Frei. Anschaulich. Prägnant. Mitunter witzig. Aber die Menschen ziehen die audiovisuelle Führung vor. Sie wollen lieber einen schlecht vom Blatt lesenden Provinzschauspieler hören. Laut Umfrage. Die möchten abgekapselt sein mit ihrem Apparat. Audiophone oder wie die Dinger heißen.«

»Du erinnerst dich vielleicht an Marga«, sagte seine Schwiegertochter, um ihn endlich von seinem nichtswürdigen Jammern abzulenken, »Marga war Ulrichs Lebensgefährtin, bevor es mich gab. Vor kurzem erfahre ich, daß sie ihn um alles in der Welt noch einmal sprechen möchte, denn die Leukämie, die ihr Blut zerfrißt, ist nicht mehr zu heilen. Eine Freundin von ihr rief an und weinte am Telefon, ob er sie nicht wenigstens noch einmal anrufen könne, die Todkranke. Sie weinte auf mein Band. Aber mein Mann, dein Sohn, ruft sie nicht einmal an. Er telefoniert so ungern. Angeblich hat er ihr eine Postkarte geschrieben, als er von ihrer Erkrankung erfuhr. Aber sie wollte ihn doch noch einmal *sprechen*! Vielleicht ihm etwas Letztes anvertrauen, ein ganz wichtiges Wort zum Abschied. Nach allem, was sie einmal miteinander hatten ... Er läßt sich nicht mehr sprechen. Dein Sohn. Mein Mann. Er hat sich hinter sogenannten *extremen Belastungen* versteckt, sie schirmen ihn von jedem Anstand, jeder Herzenspflicht ab. Verstehst du das? Er war schließlich – wenn man die Jahre überblickt – der wichtigste Mensch in ihrem kurzen Leben, dein Ulrich, mein Mann. *Ich* weiß, wie ihr zumute war, ich weiß, was es für sie bedeutet hätte! Am Ende. Ein einfacher Anruf! ... Mehr wollte sie nicht. *Ich* weiß, was ich Marga zumuten mußte damals, es ist verdammt lange her, als ich sie ablöste. Als ich zwischen sie und Ulrich trat. Aber dieser Mann, der für sie immer der einzige blieb, immer der klügste und liebste Mensch ihres Lebens, dieser armselige Ich-kann-jetzt-nicht-Mann, dein Sohn, der sich dem letzten Wunsch einer Sterbenden versagt, ein Unmensch ist so jemand! Er ruft sie nicht einmal an auf ihre letzten Tage! Kannst du dir die maßlose Traurigkeit dieser Frau vorstellen? Kannst du dir vorstellen, wie sehnsüchtig sie auf seinen Anruf wartet, um sich von ihm zu verabschieden? Um ihn noch einmal an irgend etwas zu erinnern. Und kannst du dir das Schrumpfherz deines Sohns vorstellen, erbsengroß, das für diese letzte Sehnsucht einer Sterbenden nicht mehr empfänglich ist? Kein Kind, keine Karriere, nichts, worauf sie hätte stolz sein können, am Ende. Nur die Zeit mit Ulrich, bevor ich kam. Ehe die Krankheit ausbrach, hatte sie allerdings noch geheiratet, einen Industriekaufmann. Ich hoffe, mit ihm konnte sie für ein paar Monate noch glücklich sein, feiern und reisen und darüber zeitweilig die abscheuliche Nummer eins in ihrem Leben vergessen. Deinen Sohn, meinen Mann. Sie war ja eine seltsam weiche und gedämpfte Frau, immer die zweite, ungeliebte Tochter ihres Vaters, vom ganzen Typ her eine Zurückgesetzte. Und dann wird sie auch noch mit so viel Elend überschüttet. Wie grausam ist das! Sie, die ihr ganzes Leben im Unglück, in der Niederlage verbrachte – ausgerechnet sie fressen am Ende die weißen Blutkörperchen auf!«

»Ja, das ist furchtbar. Na, das wußte ich nicht. Ungeheuerlich ist das. Es gibt eben nur noch uns, die Aussterbenden, und auf der anderen Seite die Rücksichtslosen und Banalen, die uralt werden. Du mußt dir vorstellen, ganze zwanzig Leutchen, wenn ich über Fürst Pückler rede! Zwanzig. Mehr nicht. Ich bin keiner für den kleinen Haufen. Ich liebe, ich bewundere, ich vergöttere, worüber ich rede: ich bin mitreißend! Dazu gehört die Menge, nicht das verschwindend kleine Häufchen.«

»Mach doch jetzt ruhig den Knopf auf.«

»Mein Gott, Anja! *Du* weißt, was ich in die Waagschale werfe! Du hast mich oft genug gehört. Du weißt, was ich in die Waagschale zu werfen *imstande* bin! Sag doch einen Ton: soll ich es wirklich seinlassen?«

Hunderttausend Grobiane

»Was wollt ihr?« rief entsetzt der Einsame. Als er die Tür geöffnet hatte, stand draußen vor seinem Haus die unübersehbare Schar all jener groben Menschen, die neben ihm auf Flughäfen schallend telefoniert, Alleebäume aus Kurven entfernt, Frauen betatscht, auf Autobahnen rechts überholt, ihren Nächsten angerempelt und Hunde ausgesetzt hatten, gegen Untergebene schikanös aufgetreten waren, vor Gott gegähnt und die Weisheit der Alten verspottet hatten. Diese nun drangen in seine beiden Stuben, füllten Küche, Bad, Tisch und Bett und drückten sich überall an den Wänden entlang. Unzählige Grobiane schienen es zu sein, doch in Wahrheit waren es nur 130, denn mehr von ihnen war er in seinem Leben nicht begegnet. Ja, es wird alles gezählt und alles in einem Menschenleben hat seine begrenzte Zahl. Deshalb waren nun ausnahmslos alle Grobiane um ihn versammelt, die ihm jemals untergekommen waren, und sei es auch nur im zischenden Hauch ihres rücksichtslosen Vorbeihastens. Es war nun an ihm, mit jedem einzelnen oder mit allen auf einmal abzurechnen. Sie saßen, lagen oder standen still in der Runde und erwarteten, daß er in ihrer Mitte das Wort an sie richte. Offenbar hatten sie schon einige Stationen der Entmutigung und Besänftigung, ja der Läuterung durchschritten, bevor sie bei ihm eingekehrt waren. Im Grunde genommen erkannte man nicht mehr, was sie als Grobiane einmal ausgezeichnet hatte. Sie sahen allesamt auf ähnliche Weise niedergeschlagen aus. Doch in der Brust eines jeden steckte der Pfeil der erbitterten Verachtung, der Widerhaken der kalten Wut, die der Einsame irgendwann einmal dorthin geschleudert hatte. Es wird alles gezählt und verzeichnet. Jeder Anstoß, jede ungebührliche Berührung, wie die Treffer beim Fechten.

»Wie soll ich es euch begreiflich machen?« begann der Einsame schließlich, »ihr habt mit eurem fahrlässigen Verhalten viel dazu beigetragen, daß ich nicht mehr an das Gute und Schöne unseres menschlichen Zusammenlebens glauben mochte: ich bin ja fast nur noch Gesellen wie euch begegnet, solange ich noch unter Leute ging. Nun sitzt ihr in eurer Vollzähligkeit vor mir, und ich kann mich kaum noch an einen von euch erinnern. Außerdem tragt ihr jetzt alle die gleiche blasse Büßermiene, was zu dem Zeitpunkt, als ich Anstoß an euch nahm, durchaus nicht der Fall war. Ihr seht also ein, daß eure rabiate Sorglosigkeit mir, der sich alles sehr zu Herzen nimmt, so manche gute Laune verdarb und ich jetzt allen Grund hätte, endlich mit euch abzurechnen?«

»Ja«, summten sie alle miteinander; dünn und kleinmütig klang es, und ein reuiges Kopfnicken ging durch die Reihen.

»Nun«, sagte der Einsame und wippte wider die eigene Natur, nämlich seine eingewurzelte Güte, gebieterisch auf seinen Fußsohlen, »wie sollte man hunderttausend Grobianen (er konnte keine Menschenmengen mehr schätzen!), die allesamt den Kopf hängenlassen, nicht vergeben?«

Mauergeburt

Macht man denn irgendwo eine bessere Figur, als wenn man gelassen an einer Mauer lehnt? Kommt man denn anderswo besser voran, geduckt oder aufrecht, als immer am kindlichen Bild vom Weltende entlang? Ist's nicht ein Mauergang, das ganze Leben?

Mancher hockt noch im klirrenden Winter davor mit zugehaltenen Ohren und die Ellbogen stehen ihm ab wie Schläfengeweih, als brüllten ihn Mond und Sonne abwechselnd nieder.

Oder drückt seine Schultern an wie das Mädchen im kurzen Kleid, setzt den linken Fuß gegen die Mauer und zeigt sein knöchernes Knie. Auch ihr lauert der Mond auf und flüstert wie ein verlegener Freier: Ich wäre so gern ein Stündchen allein mit dir ... Doch sie trotzt seinem schlüpfrigen Schein.

Eines Nachts nun schlich er sich über eine, die abgekehrt von ihm stand und ihm den nackten Rücken im runden Ausschnitt bot. Das war die Mauerküsserin im Abendkleid. Schwarzes Schulterfreies mit Korsage. Bald bemerkte er aber, daß sie seinen Schein nur nutzte, um eine genau begrenzte Stelle der Mauer zu streicheln und zu beatmen. Da sah er wohl ein, daß sie sich niemals zu ihm umdrehen würde. Mit schrägem Kopf und halbgeöffneten Lippen schmiegte sie sich an und küßte immer denselben Stein. Sie rieb ihre Hände und ihren Bauch an der unebenen Fläche und hob das rechte Knie. Richtig umarmen konnte sie ja eine so flache und geschlossene Mauer nicht. Arme und Hände konnten sich nicht runden um *ihn*, der noch unentwickelt, in seinem Wesen hockend, die Steine bewohnte. Sie stützte sich ab, sie stemmte die Hände gegen etwas, das *seine* starken Schultern sein würden. Oder sie drückte die Wange an, stand nun Wange an Wange mit *ihm*. Aber die Mauer erlaubte ihr nicht, daß sie ihn umfaßte, daß er ihre Arme füllte, ganz und gar ihr, der sich Andrängenden, gehörte.

Da gab der Mörtel rechts vom Kußstein in einer Fuge nach, es öffnete sich ein handbreiter Spalt. Sie steckte zuerst die Finger hinein, kratzte und klaubte, schabte und scharrte, bis auch der schlanke Arm hineinpaßte. Stunden später war die Öffnung so tief gehöhlt, daß sie den gestreckten Arm im Inneren der Wand schon ein wenig runden konnte. Dann, als sie die Schläfe und die Wange noch fester anschmiegte, kam auf einmal ein erlöstes Lächeln über ihr Gesicht, denn im Inneren der Mauer konnte sie etwas umfassen, etwas schon ein wenig an sich ziehen. Sie ließ nicht nach und schlang ihren rechten Arm um *seine* Schultern. Sie schob und hob und brach einen größeren Brocken hervor, einen weißen Torso, schneeweiß. Nun hielt sie nichts mehr, sie mußte *ihn* von oben bis unten frei und freier küssen, ihn wach und wacher küssen, bis *er* allmählich seine weiße männliche Brust zeigte und immer mehr Figur annahm. Es ließ sich bald absehen, wenn sie nicht nachließ, würde sie tatsächlich den steinernen Mann ganz hervorküssen, hervorumarmen. Und wenn sie dann immer noch nicht nachließe und ihre Umarmung dem Rohen immer mehr Gestalt verliehe und ihre Kraft und Liebe immer umschlingender würden, so hätte sie –

vielleicht in einem Monat, vielleicht in einem Jahr –
dem Stein endlich auch Atem und Blut eingeküßt und
hätte jemanden fürs Leben.

Der Fremde

Der Menschenfeind von heute denkt ähnlich wie zu allen Zeiten Menschenfeinde dachten. Der Freund der Menge hegt dieselben Illusionen, die ihn zum Freund der Menge seit jeher machten. Und jeder, der *auf die Welt* kommt, kommt zunächst nur in einen kleinen Kreis ihm zugeordneter und später in einen etwas größeren ihm zufällig über den Weg laufender Menschen. Dabei kommt auf jeden einzelnen in der Regel eine vergleichbar große Anzahl anderer, denen er in seinem Leben begegnet. Gleichgültig, ob sie ihm gefallen oder ob er sich von ihnen abkehrt: die Menge der anderen bildet die Voraussetzung für sein eigenes Verhalten. Beides, die anderen und wie er sich zu ihnen verhält, führt bei jedermann zur Entstehung eines Typus, den er mit der Zeit ausprägt und den kein Mensch aus sich selbst erzeugen kann.

Jedes Verhalten besitzt nämlich einen Stammbaum, jedes tiefere Gefühl einen ungezähmten Vorfahren. Wenn manche aber meinen, die Zeiten kehrten ähnlich wieder, so haben doch in Wahrheit nur eine Handvoll Elementarien des Gemüts, des Gewissens, der ideellen Wahrnehmung, des Stils etc. sich in neuem Verschnitt gezeigt oder ihren Dreh gewechselt. Wenn man es ganz ins Enge treibt und alles Überflüssige wegnimmt, so bleiben am Ende nur zwei Grundformen des menschlichen Daseins: die Suche und das Warten. Ebenso, von allen Varianten abgesehen, gibt es nur zwei radikale Räume auf der Erde: die Höhle und die Wüste.

Wer den Fremden möchte, der da zu uns ins Haus will, meine Töchter, der überlege sich gut, mit welcher Absicht er ihn zuläßt. Fremd ist sein Aussehen, fremd seine Gesinnung, fremd seine Stimme und sein Gefühl. Wenn eine mit ihm sprechen will, so wird er nicht erwidern. Wenn eine ihn lieben will, so wird sie ihn häßlich finden. Wenn eine sich seiner erbarmen will, so wird er sie schlagen. Er ist uns ein Fremder in jeder Wesensart. Daher hause er unbehelligt und ohne Verständigung unter uns. Wir haben nie etwas ärger von uns Unterschiedenes erblickt als diesen Fremden. Und wenn er auch der Teilnehmer wird an all dem Unseren, so wird er doch nie auch nur um Haaresbreite wahrhaft von seiner Fremdheit abweichen. Und wenn ihr ihn dann so angewöhnt findet, daß ihr ihn kaum noch von anderer Wesensart vermutet und schon alles vergessen wollt, was ich euch eben erzähle, dann achtet genau darauf, was euer Vater tut, um jenes Ähnlichen letzter Versuchung zu widerstehen. Ich werde meine Hand erheben und ihn von der gemeinsamen Tafel fortschicken, damit er sein Mahl draußen vor dem Haus beende. Darüber wird unter euch Töchtern ein empörtes Gezeter entstehen und ihr werdet euch bitter gegen mich aussprechen. Ihr werdet hinaus vor das Haus laufen, aber dort werdet ihr niemanden finden, der noch wie ein Fremder ist, sondern einen, der mein Bruder sein könnte und euch mit gleichen Worten verweist wie ich. Dies müßt ihr unbedingt bemerken und müßt zurück ins Haus kommen und die Tür vor ihm verschließen, denn sonst wird er wie ich: er wird euch lieben wie ich und ihr werdet ihn lieben, wie ihr mich liebt. Dies aber wird noch nicht der Rest seiner unheilvollen Wirkung sein, denn er wird darauf eine von euch mehr als die anderen lieben, wie ich es niemals tat, und er wird euch eine nach der anderen mit erlernten Gefühlen unglücklich machen und gegeneinander aufbringen, während ich wie erloschen dasitze, als sähe ich meinem Doppel zu.

Wer also den Fremden möchte, begehrt sein Unheil. Wer ihn nur für sich gewähren läßt, beschwört Unheil langsam herauf. Wie also, glaubt ihr, müssen wir uns richtig zu ihm verhalten, daß am Ende keins von beiden von seinem Wesen verliert, er ein Fremder bleibt und wir – ja, meine Töchter, wer denn dann wir?

Sollen wir dieselben bleiben, die wir sind? So wird er uns durch Nachäffung bald unseres Wesens berauben. Sollen wir uns nicht vielmehr durch ihn, der in allem uns fremd ist, erst allmählich selbst erkennen und werden, was wir allein im Unterschied zu ihm sein können?

Ich meine, daß wir den Fremden weder begehren noch gar gewähren lassen dürfen, sondern alles zu seiner Fremdheit Schutz tun müssen, was uns die Erfindungskraft und der eigene Überlebenswille eingeben.

Das wollte ich euch, meine Töchter, vorgetragen haben, bevor ich nun den Fremden, der sich im Vorraum ausruht, zu uns hereinbitte und euch vorstelle, auf die Gefahr hin, daß sein lebendiger Anblick, gleich ob er euer Entzücken oder euer Entsetzen erregen sollte, jeden unserer guten Vorsätze umstößt und wir uns selbst in einer uns völlig neuen und unvorhergesehenen Lage wiederfinden.

Laufsteg

Nachdem Gilberte eine neue Art, den Laufsteg zu nehmen, kreiert hatte, wurde der Machtkampf unter den Mannequins immer härter. Gilbertes neuer Gang, Gilbertes neues Maß des Sichzeigens, Sichwendens und Sichwiegens hatte sofort Anhängerinnen und Nachfolge unter den Models gefunden. Die übrigen aber, die dem Hüftschwung alten Stils anhingen, gruppierten sich und suchten sich um so auffallender vom Gang und Gehabe der Gilberteanerinnen zu unterscheiden. Sie bildeten ein geradezu mafiöses Kartell, erpreßten den jungen Nachwuchs und bekämpften die Anhängerinnen des neuen Stils bis aufs Messer. Der Machtkampf gewann immer größere Bedeutung, und ihre Auftritte, ihr öffentliches Körperleben litten darunter. Die des alten Stils, verbissen bemüht, ihn zu verteidigen, verloren darüber die *Welle* aus ihren Gliedern, das heißt: sie wurden nicht mehr getragen vom Rückfluß ihrer Bewegungen, sondern sie schritten nun als Streiterinnen für ihren Stil über den Steg. Die Gilberteanerinnen im Gegenzug gebärdeten sich immer sorgloser, nahmen keinerlei Konvention mehr für sich in Anspruch, sondern erklärten zum Programm, daß jedes Model sich so bewegen möge, wie es »von innen heraus bewegt wurde«. Die Tendenz zum Antimodel war nicht zu übersehen. Das Unheil aber für beide bestand darin, daß man nach dem *Wesen* des Models zu fragen begann. Erscheinung und Verheißung, kurz: Gang-*Art*, welche vor der Sezession in geschmeidigen Schritten sich schweigend voll-

zog, wurde auf einmal zum Gegenstand öffentlicher Debatten. Sogar philosophische Schulen des Laufstegs traten aus der Spaltung des einen Gehens hervor. Die un-
vermeidliche Folge war, daß am Ende die Eleganten wie
die Sorglosen kein Körperleben, sondern hauptsächlich
ein Begriffeleben vorführten. Doch Begriffe leben un-
verhüllt, sie können keine schönen Kleider tragen und
sehen auch in fließender Bewegung nie nach etwas aus.
Der Laufsteg selbst geriet in eine Krise. Die Branche gab
ihn auf. Die Mächtigen der Bekleidungsindustrie, an
ihrer Hand die großen Couturiers, erklärten die Ära der
Modenschau für beendet. Sie kündigten jedoch an, nach
einer Denk-Pause ihre Pläne für das »Zeitalter nach dem
Laufsteg« der Öffentlichkeit vorzustellen.

Die Lücke

In einem kleinen ausverkauften Theatersaal sind zwei Plätze leer geblieben in der vierten Reihe. Noch ehe die Vorstellung beginnt, entsteht um die beiden leeren Plätze der Herd einer Unruhe, die sich raschelnd und räuspernd über das gesamte Publikum ausbreitet. Die beiden Abwesenden, als trügen sie zu hohe Frisuren, reizen die hinter ihnen Sitzenden zu launigen Bemerkungen. Erst sind es leise Beschwerden, dann schnell gezischte Beleidigungen. Die beiden werden dafür, daß sie nicht da sind, gescholten. Obwohl niemand zu wissen vorgibt, um wen es sich eigentlich handelt, erregt man sich gegen sie, als wären es zwei für ihr Fernbleiben Berühmte. Wenn man genauer hinhört, kommt von diesem oder jenem Zuschauer ein Seufzer, mit dem er seine »ganz persönliche tiefe Enttäuschung« bekennt. Oder es wird jemandes Klage laut über den Mangel an Vollzähligkeit in kleinem abgeschlossenen Raum. Ein anderer nennt das: seinen Komplettheitskomplex. Ein dritter wiederum gesteht, daß ihm die beiden unbesetzten Plätze nicht weniger zu schaffen machten als zwei fehlende Klinken an einer Tür.

Man hat es mit einer Lücke zu tun, man kann diese Lücke nicht schließen, selbst wenn man sich noch so geschickt umsetzte und in der Reihe hin und her rückte. Die Lücke fällt nicht nur ins Auge, sie untergräbt auch das Behagen, reihenweise im Schulterschluß in einem Publikum zu sitzen und gleichgerichtet – miteinander – geradeaus auf die Bühne zu schauen. Denn ist es nicht dieses Behagen, um dessentwillen man überhaupt einen solchen Ort aufsucht? Sich wie nirgends sonst auf der Welt eingereiht zu wissen in einer vollzähligen Ordnung, unverzichtbar zu sein in einem Zuschauerraum, der bis auf den letzten Platz besetzt ist.

Der Hintermann

Es ist vielleicht in Saal 8 passiert oder Saal 11, daß ein etwas umständlicher Mann vorgab, nach der passenden Sitznummer zu suchen, obgleich er wußte, daß sein Platz sich genau vor dem unangenehmen Gesicht befand, das aus der Reihe hinter ihm hervorstach und ihn erwartete. Kaum hatte er sich niedergelassen, schob sich von hinten eine Hand auf seine Schulter. Da er kahlköpfig und seine Phantasie sehr reizbar war, spürte er die Berührung so, als hätte ein subversiver Priester, um ihm die Absolution zu erteilen, eine feuchte Kröte auf seinen nackten Schädel gesetzt.

Er wandte sich um mit der halben, gehemmten Hüftdrehung eines Zuschauers, der eigentlich seine Ausrichtung nicht verändern möchte. Nun blickte er in das Gesicht, das ihn zuvor erwartet und beirrt hatte. Es gehörte zu einem Menschen, den er noch nie gesehen zu haben glaubte. Der Mann hinter ihm mochte sich etwa im gleichen Alter befinden. Mit dem ersten Kontakt verlor er augenblicklich jede Reserve und ergoß einen Schwall vertraulichster Einflüsterungen über seinen Vordermann:

»Sie werden sich kaum an mich erinnern. Doch führe ich Ihr Foto seit langem mit mir, ja, ich trage es noch immer in meiner Brieftasche. Lassen Sie mich ohne Umschweife sprechen. Ich bin auch ein Sohn Ihres Vaters, wenngleich nicht aus derselben ehelichen Verbindung, sondern vielmehr eine Nebengeburt, ein verstoßener Bastard, eine Aufzucht im stillen. Sie müßten sich gleichwohl ein gewisses Gedächtnis für mich bewahrt haben. Der, als wir beide noch kleine Jungen waren, sich nachts in Ihr Zimmer schlich, vom nahen, mir verbotenen Garten aus durchs Fenster stieg und Sie als mondbleiches Gespenst jagte oder der ein andermal unversehens aus dem Wald trat, um Sie zu prügeln und zu würgen und stets wieder verschwunden war, sobald Sie zufassen wollten, der war nämlich ich. Heute darf ich Ihnen, da Sie ein durchsichtiger Zufall zu dem vor mir sitzenden Herrn gemacht hat, der Sie mir im übertragenen Sinn zeitlebens gewesen sind, heute darf ich Ihnen Furcht und Schrecken Ihrer Jugendtage zu Ihrer Erheiterung aufklären. Als dumme Jungenstreiche enthüllen, die sie damals weder für Sie noch für mich sein konnten. Denn ich bekämpfte Sie mit dem ganzen Haß einer niedergedrückten, um Gerechtigkeit ringenden Kinderseele!«

»Es ist gut«, sagte der Angesprochene, der sein Inneres schnell und notdürftig verhärtet hatte, »ich habe es zur Kenntnis genommen.«

Und er gab die halbe Rückwärtsdrehung auf.

Er richtete sich nach vorne, scheinbar zufrieden, daß er den Hintermann, den Stifter seiner Ängste, dem ersten Unheilbringer, dem Verderber seiner Lebensfrühe so kurz und bündig hatte abfertigen können. In Wahrheit standen ihm auf dem Rücken die Haare zu Berge, und bis in alle Enden seines Bewußtseins spürte er während der ganzen Veranstaltung nichts als den Hintermann.

Die Weisung

Am Ende seiner kurzen Verbindung mit einer Sportjournalistin hatte er lediglich die Weisung erhalten, sich zwei Jahre später, zwei Jahre nach ihrer Trennung in einer *Lissingstraße 14b* einzufinden. Dort würde er auf eine weitere Überträgerin treffen – oder in der Sprache des Experiments: einen nächsten quantenerotischen Baustein finden auf dem Weg zur einheitlichen Weltformel, die die vier Wechselwirkungen zwischen Mann und Frau (stark/schwach, Erdgeist/Luftgeist) auf eine einzige Grundkraft zurückführte. Unter dem Codewort »Offene Rechnung« suchten über den Erdball hin Männer und Frauen in einer Stafette von Vereinigungen nach der zentralen Regel, die ihre anziehenden und abstoßenden Kräfte in mathematischer Schönheit und Widerspruchsfreiheit erfassen sollte. Allesamt waren sie selber Bestandteile der Lösung, die sie verfolgten und die am Ende in der einzigen und nicht weiter ableitbaren Formel gefunden würde.

Er kannte also nur den Straßennamen, aber ihn gab es leider in vielen Städten. Er hatte sich allenthalben umgesehen, bevor er eines Nachts durch die unbeleuchteten Gassen irgendeines historischen Stadtkerns schlenderte und instinktiv vor einem Bürgerhaus der Gründerzeit anhielt. Zurückgesetzt lag es an einem Brunnenplatz. Im ersten Stock waren zwei hohe Fenster hell erleuchtet – und es war tatsächlich eine Lissingstraße 14b, die richtige Adresse. Oben in der Beletage befand er sich unversehens inmitten einer sonderbaren Gesellschaft von unentwegt gehenden Menschen, einander fliehende oder suchende, das war zunächst nicht auszumachen. Offensichtlich aber war, daß sie voneinander nicht loskamen und ihr zwanghaftes Durcheinanderlaufen von selbst nicht aufgeben konnten. Nichts war in ihrem Verhalten, das sie in die Fassung einer Gemeinschaft gebracht hätte. Diese immerzu Vor- und Zurücklaufenden bildeten einen unruhigen und ungeordneten Haufen, aus dem es nun die Richtige herauszufischen galt. Er hielt ein schwarzhaariges Mädchen an, dessen Bild ihm, wie er meinte, schon irgendwann einmal vorgeschwebt hatte. Ohne Umschweife gab er sich als Eingeweihter zu erkennen, indem er sie schnell auf den Mund küßte und ihr darauf etwas an ihre Wange flüsterte, das ihr eine bestimmte Paßwort-Rechnung aufgab. Sie legte ihre Stirn in niedliche Falten und brachte ohne Zögern die Kennung. Nun war er zunächst nur glücklich und erleichtert, fühlte sich vom Zufall belohnt und erleuchtet! Kein Zweifel bestand, daß sie auf dem langen Weg der »Offenen Rechnung« die passende nächste Teil-Geheimnisträgerin war. Für niemanden auf dem ganzen Erdball hatte bis jetzt die Fährte zu ihr geführt, einzig er hatte mit Instinkt und vom Zufall begünstigt die Richtige gefunden. Nun würde er sie mit allen Lüsten und Listen sich weiter erschließen. Die Leute und auch sie selbst wären, wenn er sie nicht angesprochen hätte, rastlos und ohne Ergebnis bis in alle Ewigkeit vor- und zurückgelaufen und immer wieder aneinander vorbei. Sie aber war nun die eine, ohne die es nicht weiterging. Er bemühte sich mit allen zwischen Mann und Frau zugelassenen Mitteln um die

Preisgabe ihrer versiegelten Weisung. Fürs erste mußte er sie aus einer festen, aber für ihre Bestimmung belanglosen Liebesverbindung lösen. Er mußte ihr Vertrauen gewinnen, dann mit Vorsicht ihr Liebhaber, schließlich ihr intimster Freund werden. Aber zunächst mußte er wie jeder andere sein, mußte mit ihr an die beliebtesten Ferienstrände Europas reisen und andere mühselige Umwege auf sich nehmen. All das tat er und leistete auch die erforderliche Leidenschaftsarbeit, bis es keine Arbeit mehr war und er zeitweilig sogar seine eigentliche Absicht über dem Vergnügen vergaß. Sie wurden ein leichtes und frohes Paar. Es dauerte fast ein ganzes Jahr, bevor sie eines Tages (eines Nachts) in einen schäbigen Streit gerieten, von dem keiner von beiden wußte, wie er aus heiterem Himmel entstehen konnte. So kam es, daß sie in größter Erregung, in einem wilden Wutausbruch ihr Teil-Geheimnis von sich gab, es eher unbeherrscht ausspie gegen ihn, als daß sie es feierlich verkündet hätte. Es bestand aus einer weiteren Weisung, wie erwartet. Sie brachte ihren Satz, und er verschwand für immer.

Der Schmelzling

Einer verheirateten Frau, die sich seit langem nicht mehr geniert hatte, gab die peinliche Situation, in die sie verwickelt wurde, etwas von der Schüchternheit zurück, die sie als junges Mädchen einmal besessen hatte. Sie verjüngte sich geradezu in ihrer Verlegenheit, indem sie sich zierte vom Fußknöchel bis zum Halswirbel. Früher kam noch ein Griff an die Halskette dazu, doch nun trug sie keine mehr, also bedeckte sie die fliegende Röte unter ihrem Schlüsselbein mit der gefächerten Hand.

Der Schmelzling, ein Pantomime in der Maske von Franz Liszt, der auf der Suche nach geeigneten Opfern, an denen er seine Kunststücke ausführen konnte, den mittäglichen Park durchstreifte, hatte sie auf einer Bank entdeckt, sich ihr schmachtend genähert und sofort ein Publikum aus Vorbeispazierenden zusammengezogen.

Vor aller Augen hatte er ihr mit gestelztem Finger auf das Knie getippt, ihr einen Wangenkuß geraubt und sie im Walzer gewiegt, allerdings ohne sie im mindesten zu berühren.

Immer mehr Neugierige kamen ab von ihrem Weg und versammelten sich als Zuschauer vor der Parkbank. Ihre Aufmerksamkeit galt der Umspielten ebenso wie dem Spieler. Sie verfolgten, wie lästig es ihr war, derart vorgeführt zu werden, wie gezwungen sie lächelte und wie sie dennoch alles mit sich geschehen ließ, da es kein Entrinnen gab. Die Leute hätten sie laut verspottet, wenn sie geflohen wäre. Sie hätten gemurrt und aufgestöhnt: Herrje, verstehen Sie denn überhaupt keinen Spaß?

Dabei war sie geübt und imstande, zu den unterschiedlichsten Gelegenheiten in gröbere wie feinere Heiterkeit einzustimmen, selbst wenn ihr gar nicht danach zumute war. Aber nicht bei solchem Humor! Der allein auf ihre Kosten ging. Nun lachten alle über sie, es war ihr Publikum, ein dankbares, aber sie war das Opfer, sie spielte nicht mit, und das war die ganze Komik.

Der Schmelzling verging vor Sehnsucht nach ihr. Dabei wurden die Gebärden, mit denen er sie eroberte, freimütiger und anzüglicher. Natürlich konnte er nicht damit rechnen, daß sich die Angebetete jedesmal so spröde und verklemmt verhielt wie diese hier, doch schien er mit Erfahrung und Instinkt seine Wahl zu treffen und Frauen, die allein auf Parkbänken sitzen, für seine Späße am besten geeignet zu finden. Aus der kleinen Menschenansammlung, die sich um die beiden gebildet hatte, erging nun der ein oder andere Zuruf an den Künstler und mehr noch an seine unfreiwillige Partnerin. Auf ihrem Gesicht war ein schiefes Lächeln zur Maske erstarrt, die Augen suchten nach dem Fluchtweg, die gefalteten Hände umschlangen ihr Knie. Was sollte sie denn tun? Einmal, ein einziges Mal – es war ein kläglicher Versuch, den Pantomimen nachahmend ein wenig zu parieren – erhob sie den gestreckten Zeigefinger gegen ihn und schwenkte ihn mahnend hin und her. Nichts konnte dem Faxenmacher willkommener sein, der Zeigefinger wurde ausgiebig begrüßt und zur Vorgabe für eine Serie von obszönen Gebärden. Sie sah sich also doppelt der Lächerlichkeit preisgegeben. Schließlich war er ein Liszt, Genie und Frauenverzehrer.

Dazu setzte der Schmelzling sein ganzes pantomimisches Können ein, nämlich immer neue Verwicklungen seiner Arme und Beine, um eine Umschlingung mit seiner Partnerin ganz alleine darzustellen. Tatsächlich bildete sein Körper auf verblüffende Weise schließlich die Figur eines vereinigten Paars, ohne daß er dabei seine Angebetete auch nur um einen Stipps berührt hätte. Und dann, um es auf die Spitze zu treiben, sprang er von der Bank, schlug seine doppeltgefaltete Hose auf, bis sie wie eine Röhre auf dem Boden stand, und schmolz buchstäblich in diese hinein, rutschte mit Hemd und Frackschößen bis über die weiße Mähne in den Schacht seiner ausgesteiften Hose. So war er in Liebe geschmolzen und verschwunden.

Das Publikum juchzte, heppte und pfiff vor Vergnügen. Und erst recht die Verjüngte, die neu Eingeschüchterte klatschte nun begeistert, obwohl sie nicht ein einziges Mal hingeschaut, nicht einen Seitenblick riskiert hatte, als er sie, neben ihr, so kunstvoll umschlungen hielt.

Minutio

Neun Stunden Totzeit! Der Flug nach Nürnberg war auf den frühen Abend verschoben worden, weil das Bodenpersonal in V. einen wilden Streik begonnen hatte. Der junge Richter mußte seine Termine am heimischen Amtsgericht absagen, und er wußte durchaus nicht, womit er diesen erzwungenen Aufenthalt ausfüllen, wie er die erdrückende Stundenlast abtragen sollte. Noch einmal in die Stadt zurück? Oder sich um einen Flug nach München bemühen? Am Ende wäre er vielleicht zwei Stunden früher zu Haus. Lohnte sich das?

Er dachte an den Kreis geselliger Menschen, in dem er den vergangenen Abend verbracht hatte. Jeder von ihnen würde heute ungehindert seinen Tag bestellen – ja der Tag würde ihnen vielleicht sogar davonlaufen, keinesfalls auf der Stelle stehen. Er indessen hatte jetzt neun Stunden Zeit, um sich den gestrigen Abend noch einmal in allen Einzelheiten ins Gedächtnis zu rufen. Lauter vertrauenerweckende Menschen saßen da beisammen, sagte sich der junge Richter, gastfreundliche dazu, die ihn an ihren Tisch baten, nachdem sie bemerkt hatten, daß er mit keinem Gericht auf der Speisekarte etwas verband. Sie befanden sich in einem einfachen Gasthaus mit regionaler Küche, es lag in der Nähe des östlichen Torbogens der Stadt. Bald fünf Stunden hatte man an der Tafel gesessen, war ausgelassen und nachdenklich, anzüglich und feierlich gewesen. Die Stimmungen hatten gewechselt wie in jeder lebendigen

Gemeinschaft. Dergleichen müßte ihm jetzt bevorstehen und dürfte nicht bereits hinter ihm liegen! Er versuchte einige der Vertrauenerweckenden, von denen er eine Handynummer gespeichert hatte, zu erreichen, aber es schaltete sich jedesmal die Mobilbox ein. Nur eine junge bildhübsche Schneiderin, ein brünetter Rauscheengel, so seine umrißhafte Erinnerung, meldete sich, aber er wagte nicht, sie um eine Verabredung zu bitten, er sagte nichts und brach die Verbindung ab. Rauscheengel! widerrief er sich, das sagt sich so dahin, weil eine auffallende Haartracht den ganzen Typ beherrscht, Dreadlocks das Haupt einschüchternd vergrößern. Hingegen war das Gesicht inmitten der Mähne eher scheu, mild und neugierig. Sie arbeitete in einem Konfektionshaus, nahm Maß an Männerhosenbeinen, setzte Futter ein und war im Wechsel mit einem Kollegen die ganze Woche beschäftigt. Ihre Stimme klang angenehm dunkel, und sie war sehr klug, wie der Richter sich mehrmals bestätigen mochte.

In seiner Unschlüssigkeit dachte er an einige belanglose Wortwechsel, die ihm vom gestrigen Abend in Erinnerung geblieben waren, und untersuchte sie mißtrauisch nach einem doppelten Sinn. Er machte sich daran, fast chaotische Gesprächsverläufe, an denen fünf oder sechs Anwesende beteiligt waren, minutiös zu rekapitulieren. Jeder einzelne Tischgenosse, mit dem er getrunken und gegessen hatte, wurde noch einmal vor sein inneres Auge zitiert, in seinen auffälligsten Eigenheiten erfaßt und dann gründlich und mehr als gründlich beurteilt. Und zwar unter Berücksichtigung authentischer Möglichkeiten, die vielleicht noch in ihm steckten. In der Tat, er *generierte* mindestens dop-

pelt soviel von einem Menschen, als er zu Gesicht bekommen hatte!

All das gehörte zu der Übung, sich der langen Totzeit
zu erwehren. Seinem Bedürfnis hätte es entsprochen,
die fünf Stunden des vergangenen Abends lückenlos
(zuzüglich der Möglichkeitsdimension) zu rekonstru-
ieren, obgleich so etwas doch ganz unmöglich ist.

Immerhin war ihm eine vergleichbare Technik von
Lokalterminen vertraut, bei denen man sämtliche er-
wiesene und mögliche Vorgänge einer Straftat nach-
bzw. vorstellte.

Auf diesem Weg also gelangte er beim Wiederherstel-
len noch einmal an den östlichen Stadttorbogen, doch
fand er zu seiner Überraschung diesmal den Durchgang
unvergittert. Ohne Zögern schritt er hinaus, verließ die
Stadt und wanderte auf einer warmen Landstraße, die
rechts und links von Ölbaumfeldern gesäumt war.

Als er schon gut einen Kilometer in den Feldern stadt-
auswärts unterwegs war, hörte er in der Mittagsstille das
leise Fauchen einer schnellen Fahrradfahrt. Er blickte
sich um und erkannte die schöne Nähterin, die mit
wehender Mähne auf der glatten Straße heranrollte. Neben ihm hielt sie an, stieg vom Sattel und stand breitbeinig in ihrem Damenrad. Kaum hatte der Richter
begonnen, von seinem unfreiwilligen Aufenthalt zu berichten, da unterbrach sie ihn und wünschte, daß sie
einen Kuß tauschten. Einen festeren Kuß, als er ihr am
vergangenen Abend beim Abschied gegeben habe. Oder
ob etwa das Interesse für sie, das er gestern an der Tafel
gezeigt habe, bereits wieder erloschen sei? Der Richter
leugnete es und freute sich über ihre freimütige Bitte. Er
trat zu ihr und hob mit beiden Händen ihr schönes Ge-

sicht aus dem Haarwust. Der Kuß allerdings, der ihm dann zustieß, war der merkwürdigste, den er je mit einer Frau getauscht hatte. Er begann nicht mit einer zarten Berührung der Lippen, sondern der Mund der Nähterin drückt sich wie eine Atemmaske fest auf den seinen und ihre ausgestreckte Zunge klöppelte in seiner Mundhöhle schnell hin und her, wie der Hinterleib einer Biene, die ihre Botschaft tanzt. Aber was für eine Botschaft war es denn, die sie ihm mitteilen wollte? Dem Richter wurde nur soviel gewiß, als daß der Kuß kalt ausgeführt wurde, mehr einem genetischen Programm entsprechend als einer spontanen Zuneigung.

Er löste seine Lippen von ihren und sagte einen, wie ihm war, fremdartigen Satz aus einem ihm fremden Sprachsystem, das ihn als Subjekt nur benutzte, doch nicht das seine war. Dem Sinn nach, aber merkwürdig verklausuliert teilte er mit, daß er unter der Unmenge der ihm verbliebenen Zeit schier zusammenbreche.

»Nun weißt du ja, wohin du dich wenden sollst«, sagte die Nähterin mit ihrer kehligen Stimme.

»Nach Minutio also«, nickte der Richter und blickte ein wenig beschwert zu Boden.

Und so, wie er Minutio sagte, wunderte er sich nicht einmal darüber. Er war urplötzlich jemand, der Minutio sehr wohl kannte und wußte, was ihn dort erwartete.

Zu seiner eigenen Überraschung schien er auf einmal befähigt, den Zungentanz in seinem Mund einwandfrei zu entziffern. Gleichsam als wäre ein uraltes Übertragungsrelais, das im Laufe der Zivilisation im Menschen längst abgeschaltet worden war, vom Kuß der Nähterin wieder in Betrieb gesetzt worden. Nicht unbedingt zu seiner Freude, denn wen würde es nicht beunruhigen,

wenn ein atavistisches Relikt in seinem Körper oder Bewußtsein oder Sinnensysteme auf einmal wieder lebendig würde?

Die Nähterin stand immer noch breitbeinig in ihrem
Fahrrad, vorgebeugt, die Unterarme auf die Lenkstange
gestützt, die Hände hingen wie Topflappen herab.

»Wenn du erst draußen auf den Dörfern herum-
läufst«, sagte sie, »so wirst du schon zwei gute Brüste
finden.« Sie sagte es ohne zu lächeln. Der Richter wollte
vermuten, daß es sich diesmal nicht um eine verschlüs-
selte Nachricht handelte.

»Mag sein«, sagte er. »Aber ob sie mich auch ernähren
können? Bei dir wäre es anders. Da könnte ich eine Zeitlang die Hände in den Schoß legen.« Bei diesen Worten
lachte sie hell und schüttelte ihr verflochtenes Haar. Sie
hielt seine Worte für »intelligent gewählt«, eine Antwort, mit der sie gern noch ein bißchen spielen würde.

Sie schob ihr Fahrrad neben ihm her, und sie spazierten
gemeinsam hinaus nach Minutio.

Unterwegs zog sie ihn mit jedem gewechselten Wort
tiefer in den Höhlenbau der Anspielungen und Bezüg-
lichkeiten hinein. Sie verführte ihn zu einem Sprach-
gebrauch, bei dem jedes Wort im Verdacht stand, ein
Deckwort für ein anderes zu sein, das er noch nicht
kannte, das er erraten oder dessen Sinn er durch passende Ergänzungen entdecken mußte. Sosehr es ihm
gefiel, sich zunehmend geläufiger in den umständlich-
sten Wendungen und Charaden auszudrücken und zu-
rechtzufinden, so ungeduldig machte es ihn aber auch.
Worauf sollte die ganze Zeremonie hinauslaufen? Zu
diesem Zeitpunkt nahm er noch an, daß es sich um eine

Art semantische Balz handelte, in die sie sich verwickelten, um einen kunstvollen Aufschub, eine eigenwillige Form der Liebesprüfung, die am Ende für beide zu einem gesteigerten Genuß führen werde.

»Minutio«, erklärte ihm die Nähterin, »ist in Wirklichkeit nichts anderes als eine herrschaftliche Villa, am Hang gelegen, umgeben von einem prachtvollen Park. Vor dessen Eingang, am schmiedeeisernen Tor, versehen wir heute nacht unseren Dienst. Wir stehen in Uniformen der Schildwache jeder in seinem Schilderhaus und verharren dort, bis der festliche Aufzug, der sich zum Gastmahl ins Schloß begibt, an uns vorbeigegangen ist. Danach wird es eine Wachablösung geben, mein Freund. Sie wird jedoch nur darin bestehen, daß Mann und Frau ihr Schilderhaus wechseln. Wir werden einmal in der Mitte der Nacht aneinander vorbeigehen. Genügt dir das?«

Der junge Richter freute sich über ihre Erzählung, da er meinte, sie in allen Anspielungen verstanden zu haben. Selbst wenn es überhaupt kein Minutio auf den Hängen über den Ölbaumfeldern geben sollte, so wußte er gleichwohl, was Minutio zu bedeuten hatte, ebenso Schilderhaus, festlicher Aufzug, Wachablösung. Und sein Herz schlug höher mit jedem enthüllten Wort.

Kurz vor Einbruch der Dunkelheit erreichten die beiden nun endlich ihren Ort. Das Tor zum Park stand weit geöffnet, die Auffahrt zum Schloß war mit Solarleuchten gesäumt. Die Nähterin trat in das linke, der Richter in das rechte Schilderhaus. Für jeden hing an der Rückwand eine Uniform bereit und eine Hellebarde. Ein männlicher und ein weiblicher Wachposten standen also kurz darauf jeder vor seinem Spitzdachschrein, und der festliche Aufzug von Hunderten maskierten Männern und Frauen, eine lange, mit einer Fackelkette verbundene Prozession, näherte sich dem bewachten Tor. Die Schildwache salutierte mit ungerührter Miene und ließ den Zug passieren, in dem die Gäste, Erntelieder summend, zur angestrahlten Villa hinaufstiegen. Die beiden präsentierten ihre Hellebarden, standen mit gespreizten Beinen und in Brusthöhe angewinkeltem Arm. In ihrer starren Habtachtstellung ergriff sie aber eine große Leidenschaft. Sie wachten mehr über die Kräfte der Anziehung, die zwischen ihnen herrschte, als über ihren Ort und ihre Stelle. Sie atmeten schwer, das Chaos der Lust drohte jeden Augenblick die Einschnürung zu sprengen, der sie sich unterworfen hatten, indem sie die Pflichten des Wachsoldaten so standhaft erfüllten, wie sie übereingekommen waren.

Keiner von beiden konnte sich vorstellen, diese Lust noch lange bei sich zu behalten, aber auch nicht, wie es zu ihrer Befriedigung kommen sollte.

Der Festzug war längst im herrschaftlichen Haus verschwunden, die Nacht lag ohne Mond und Sterne über dem Land und verwehrte ihnen den gegenseitigen Anblick, als auf einmal vom hohen Hügel das Hornsignal der Wachablösung ertönte. Mit genau bemessenen Schritten traten sie gleichzeitig, Mann und Frau, Richter und Nähterin, jeder aus seinem Schilderhaus und suchten in der Finsternis ihren Posten und Unterstand zu wechseln. Sie hörten ihre Schritte aufeinander zu, hörten eine immer drangvollere Annäherung, doch ihre

Wege hätten sich um ein Haar ohne jede Berührung gekreuzt, wenn nicht im letzten Moment ein gottgesandtes Mißgeschick den regelrechten Ablauf gestört hätte. Ihre Hellebarden streiften im Dunkeln aneinander und die ausgeschmückten axtförmigen Aufsätze verhakten sich. In dieser Minute einer unerwarteten Verzögerung hielt sie nichts mehr zurück, ihre Waffen kippten zu Boden, sie umfaßten und griffen einander in ihren halb aufgerissenen und halb abgestreiften Uniformen. Am Ende erfuhren sie eine Erschütterung an Leib und Seele, die unvergleichlich war und nichts mit den Freuden umstandsloser Geschlechtsakte gemein hatte.

Nach diesem erlösenden Zwischenfall trat jeder in des anderen Schilderhaus und versah dort wieder seinen Dienst. Sie waren ja Handlungsgebundene einer Zeremonie, einer Verkettung von Förmlichkeiten, die sie nach eigenem Willen und Gelüst kaum beeinflussen konnten.

Während aber die Vereinigung die Nähterin in ihrer Spiellaune und inneren Balance nur stärkte, stürzte sie den Richter in zusätzliche Verwirrung. Er fühlte sich nun vollends einem unbekannten Programm unterworfen, das ihn nun auch von innen, bis in die kleinsten Willensentscheidungen bewegte. Und sie, die Nähterin, hatte es ihm mit Speichel und Zunge eingeflößt! Sie hat mich ... infiziert, dachte er und dachte gerade eben noch: mit einem fremden Zeichensystem ...! Und dann verschlossen sich alle Verschlüsselungen untereinander und setzten das bisherige Selbstverständnis des Richters außer kraft.

Er fand keinen ihm einsichtigen Grund mehr für sein

Verhalten und keinen erkennbaren Sinn mehr in dem, was er mitteilte oder an sonderbaren Vorgängen ausführte. Er unterschied auch nicht mehr zwischen Worten und Deckworten, freiwilliger und zwanghafter Handlung, leiblicher und übertragener Bedeutung, alles stürzte ihm durcheinander, ein krauses Radebrechen wälzte sich in ihm, und wenn er jetzt hätte sprechen müssen, so wäre er ein verstörter Stammler gewesen.

Die Nähterin legte im Morgengrauen ihre Uniform ab und fuhr mit dem Rad zurück in die Stadt, um pünktlich an ihrem Arbeitsplatz zu erscheinen. Den jungen Richter aber hieß sie auszuharren in seinem Schilderhaus und bis zum Feierabend auf sie zu warten. So stand er starr und ohne jedes Gefühl den ganzen Tag auf seinem Posten. Er war ein Gefangener, zum Schweigen verurteilt, einer ebenso engen wie festlichen Gesetzmäßigkeit, der er sich keinesfalls zu entziehen wünschte. So blieb er auf seinem Posten und hielt in der Sonnenglut aus, als gegen Mittag der festliche Aufzug der Nacht in aufgelöster, erschöpfter und zerraufter Form das Anwesen verließ, unter ihnen die Herrschaft, so daß die Villa verschlossen und leer zurückblieb.

Die Nähterin liebte aber den Richter und kehrte am späteren Abend zu ihm zurück. Sie bezog ihren Posten, und die sternlose Nacht dunkelte herab. Auch ohne daß ein Hornsignal ertönte, erkannten beide den rechten Zeitpunkt der Wachablösung gemeinsam und vollzogen ihn wie in der vorangegangenen Nacht. Doch diesmal, als sich ihre Wege kreuzten, stießen die Hellebarden nicht aneinander und Mann und Frau verfingen sich nicht. Sie gingen vielmehr mit ausgesparten Küs-

sen und voller Versagung jeder in des andern Schilderhaus. Unmöglich, den Gang der vorigen Nacht zu wiederholen oder das Mißgeschick mit Absicht herbeizuführen!

Irgendwann, nur für einen kurzen Blick, erwachte der
Richter aus seiner Entrückung und fand sich zusam-
mengekrümmt auf einer Lederbank in der Flughafen-
lounge. Der Blick galt der Anzeigetafel, und dort las er,
daß sein Flug nach Nürnberg endgültig annulliert worden war. Eine ganze Nacht noch werde ich in V. verbringen! Das war die letzte unverschlüsselte Botschaft, die
sein Verstand ihm einwandfrei übermittelte. Danach
kehrte er für alle Zeit in sein Schilderhaus unterhalb der
Villa von Minutio zurück. Es war tiefe Nacht, seine Geliebte stand schon auf ihrem Posten und wartete auf
ihn. So versahen sie weiterhin getreulich und leiden-
schaftlich ihren Dienst, wobei die Zeremonie der Wachablösung ganz von selbst immer kompliziertere Abläufe
und reichere Formen ausbildete. Damit erhöhte sich
gleichzeitig die Chance, einen Fehler zu begehen und –
ohne Ungeschick kein Glück – aneinander hängenzu-
bleiben.

Die Vorbotin

Ja, mein Gott! Es ist eben passiert, sagte sie in dem unverwechselbaren Ton, mit dem eine Frau nach einigen Ausreden ihren Seitensprung zugibt.

Na und?

Sie setzte sich auf den Kopf des Träumers.

Aha! dachte dieser im Traum, für sie ist mein Kopf nichts als ein grober, abgewetzter Stein. Sie setzt sich mit ganzem Gesäß auf meinen Scheitel.

So abgelebt, ja verschädelt erscheine ich ihr, daß sie meinen Kopf als einen Sitz gebraucht!

Nein! Das ist kein Traum, dachte er noch, das ist ein Wahrtraum. Auf meinem Kopf hat sich die Vorbotin einer schmerzhaften Mitteilung niedergelassen. Damit ich verstehe, worum es geht, sieht sie meiner Frau sehr ähnlich. Vor schlechter Nachricht zittert sie am ganzen Leib. Durchsichtig ist ihre Haut, man schaut hindurch bis auf ihr Herz, ein Pfund Siliziumkristall, die Reinheit selbst. Ein Zuchtgeschöpf aus dem Reich der frierenden Bione, dieser letzten, fragilsten Veredelungen des Menschengeschlechts … Gewöhnlich trifft man sie in dichten Trauben nur zu fünft, weil sie allein zu heftig frieren.

Seit jener Nacht waren gut anderthalb Jahre vergangen, und der Mann hatte die nächtliche Ankündigung beinahe vergessen, als er eines Tages einen zwingenden Grund verspürte, seine Frau ins Gesicht hinein zu fragen, ob zwischen ihr und Luis, einem spanischen Diplomaten, etwas vorgefallen sei. Er hörte sie in demselben gereizten Ton zurückfragen, den die Vorbotin in seinem Traum angeschlagen hatte.

Was fragst du? Soll ich dir antworten?

Das ist nicht nötig, sagte der Mann, denn er kannte die komplette Antwort. Er brauchte nur jener nächtliche Einflüsterung zu folgen, dann hörte er seine Frau wortwörtlich sagen:

Ja, mein Gott! Es ist eben passiert. Na und? Nichts Besonderes. Was ist daran so durchgreifend? Ich war kaputt. Ich fühlte mich schlecht. Ich wollte nicht reden. Er redete auf mich ein. Ich war's, die wollte. Er wollte gar nicht. Es mußte einfach sein. Und dann war es auch wieder vorbei. Es war nicht schlecht, aber es war auch nichts Besonderes. Ich hatte Kopfschmerzen, einen eingeklemmten Nerv im Lendenwirbelbereich. Danach ging's mir etwas besser.

All das hatte seine Frau aber nicht gesagt. Sie lächelte vielmehr und bot noch einmal ihre Antwort an.

Nein! rief der Mann, ich kenne sie schon. Ich will sie nicht noch einmal hören.

Und er hielt sich beide Ohren zu. Seine Frau aber sagte: Ich würde dich bestimmt nicht mit jemandem betrügen, bei dem du die geringste Vorahnung hättest, daß er der Glückliche sei. Und das war doch bei Luis der Fall oder?

Die Gaukler

Wir wurden in der Regel von Menschen eingeladen, die abseits und allein in leeren Häusern lebten, manchmal sogar in alten Palästen, und in tiefe Traurigkeit versunken waren. Wir sollten sie ein wenig aufheitern. Ein bißchen Leben in die Bude bringen. Ich bin Baubo. Ich bin Harlekin. Ich bin Jörg Quassel. Ich bin Snoopie.

Und ich bin nicht wirklich reich, sagte die alte Dame, die sich einen Assistenten hielt, der uns nicht mal beim Kostümwechsel helfen wollte. Die Atmosphäre war eisig. Nach dem Motto: Wer möchte mit reicher reifer Dame den Sommer im Winterpalast verbringen?

Ich war Baubo, die der traurigen Alten zu besserer Laune verhelfen sollte. Ich hatte mir allerhand einfallen lassen, Parodien und Farcen, aber am Ende hockte ich mich vor sie hin, wie man's von mir nun mal erwartet, und zeigte meinen Schoß. Zwei Trommeln hatte ich um die Hüfte gebunden und beugte mich zu ihrem in den Armen vergrabenen Gesicht. Jedesmal wenn sie ein wenig aufblickte, dann bearbeitete ich mit klöppelnden Fingern die gespannten Häute und schüttelte die Brüste wie eine tanzende Sudanesin am Nationalfeiertag.

Zu laut! rief die Traurige dann und hob ihren Kopf aus dem Armgrab. Es war klar, daß sie nicht mitbekam, was eigentlich vor sich ging. Es wird mir zu laut! Wir nickten alle vier und taten, als spielten wir leise weiter. Die Alte hörte ja nichts.

Ich, Harlekin, nahm auf der Rückfahrt Anstoß an den giftgrünen großen Blüten, mit denen Snoopies Trainingsanzug bedruckt war, der im übrigen schimmerte wie Starengefieder, schwarzgrünes Mohair. Das paßt nicht zusammen, sagte ich, es beißt sich. Aber eigentlich bedauerte ich, daß das Sportzeug ihre Figur einebnete und verschlabberte. Ich legte meinen Arm um ihre Taille. So standen wir im Bus, und jeder hielt sich mit einer Hand im Haltegriff fest und mit der anderen hielt er Kontakt zu seinem Partner. Das Gaukler-Quartett, jeder mit jedem sehr lieb, aber seit langem raus aus den Affären, unter uns herrschte die lautere Sympathie. Auch wer zustieg in den Bus, war uns oft auf Anhieb zugetan und fühlte sich angezogen von unserem Zusammenhalt. Wildfremde Leute konnten wir zum Lächeln reizen, als hätten sie ein hübsches Kind vor sich. Doch plötzlich, rein zufällig, stieg Johanna zu. Sie hatte früher, vor Baubo, eine Zeitlang bei uns mitgemacht. Auf einmal stand sie wieder neben uns im Bus und klammerte sich an einen Haltegriff.

Seit ich von euch weg bin, habe ich, Johanna, praktisch nur an meiner Liebe gearbeitet. Die zarte Anspielung soll nicht verhehlen, daß mir die Liebe genauso schwer wie der Beruf auf der Seele liegt. Vater meines dreijährigen Jungen ist ein Rumäne, den man als Clown und Pantomimen auf Vereinstagen, Betriebsfesten und Kindergeburtstagen mieten kann. Stumm übt er seinen Beruf aus, und das ist vielleicht auch ein Grund dafür, daß er kaum Deutsch spricht. Rührende, sentimentale Pantomimen sind seine Stärke, und deshalb war er bisher auch nicht besonders erfolgreich. Aber auf internationalen Pantomime-Festivals wurde er schon oft ausgezeichnet. Und manchmal betrachte ich meinen Jungen und sage mir: Der kommt nun von diesem fremden Mann, mit dem ich noch nie eine einfache Unterhaltung führen konnte. Weil er aus seiner Sprache nicht raus will, sich hinter ihr, einem Stück Heimat, buchstäblich verschanzt. Aber macht mit mir das Kind und liebt das Kind, aber richtig reden können auch die beiden nicht miteinander. Jetzt, wo er älter wird, möchte er doch von seinem Vater etwas hören, Geschichten, Erklärungen, Aufmunterungen, die ihm im Gedächtnis bleiben. Er spricht ja ein bißchen, aber nicht flüssig, es fehlt ihm die Melodie und das Wirksame der Sprache. Und wenn er sich mit seinen Gebärden und seinem pantomimischen »Geplapper« (so schimpfe ich manchmal) aus der Affäre zieht, dann möchte ich am liebsten alles hinwerfen. Das letzte halbe Jahr habe ich nur an meiner Liebe gearbeitet. Eigentlich würde ich gern wieder bei euch mitmachen.

Ich, Snoopie, habe mich am wenigsten daran beteiligt. Die anderen drei versuchten, Johanna abzuwimmeln. Im Grunde tat sie mir leid. Dabei hätte es meinen Arbeitsplatz gekostet, denn diesmal wäre ich gegen sie ausgetauscht worden. Ich hatte in letzter Zeit häufiger das Gefühl, als Komikerin an meine Grenzen zu stoßen.

Vor allem Harlekin war strikt dagegen. Er wollte es unter keinen Umständen zulassen, daß Johanna wieder bei uns mitmachte. Sie hatte sich damals als gnadenlose

Spalterin betätigt. Zwischen Harlekin und Jörg Quassel war es zu furchtbaren Szenen gekommen, weil Johanna mit beiden gleichzeitig was angefangen hatte. Erst als später Baubo kam, hat sich die Lage für uns alle beruhigt. Seitdem herrscht die lautere Sympathie, anhaltend und stabil, und keiner braucht mehr.

Wie? Das ist Johanna? Dies Magermädchen? dachte ich, Jörg Quassel.

Als sie im Bus neben uns stand, konnte ich mir nicht mehr vorstellen, daß sie uns damals zur Raserei brachte. Sie war von Anfang an auf Spaltung aus. Wir bespielten am Wochenende eine kleine Bühne in der Weidener Vorstadt. Vier ernste junge Schauspieler, zwei Männer, zwei Frauen, die sich ein paar große Komödien der Weltliteratur umschrieben für vier Rollen. Es kann sich doch niemand mehr vorstellen, von heute aus gesehen, daß sie es war, die Harlekin, meinen besten Freund, damals an den Rand des Wahnsinns brachte. Eines Tages drehte er durch und terrorisierte uns alle. Er rannte schreiend durch die Stadt, alle Vorstellungen fielen aus. Wir mußten uns damit abfinden, daß er über Nacht gemeingefährlich geworden war. Er griff sich wahllos dünne Menschen in Cafés und Kaufhäusern, riß sie einfach aus der Menge, schüttelte sie wild wie junge Obstbäume und ließ sie dann stehen.

Schließlich kam der Tag, an dem wir ihn wieder einfingen wie einen entlaufenen Tiger.

Ich, Snoopie, fuhr mit Jörg Quassel zu einem überwachsenen kleinen Müllberg, auf dem gewöhnlich die Leute aus den anliegenden Büros ihre Mittagspause verbrachten. Es war ein Hügel, der im Frühling mit seinen grellbunten Tulpen ins Auge stach. Nun aber, wie uns schien, war er mit Erschlagenen übersät. Unter ihnen entdeckte ich eine kleine Frau, die sich regte, sich aufrichtete und umschaute. Baubo war es, meine spätere Kollegin. Schließlich ging sie mit angezogenen Knien in die Hocke und fingerte an ihrem breiten Gürtel. Auf sie zu, den Hügel hinauf, schritt nun unser Verrückter – der zum Amokläufer verdrehte Harlekin. Er hielt eine Pistole im Anschlag und zwang alle Leute auf dem Hügel, sich flach ins Gras zu legen. Dann zielte er auf sie. Ich schrie sie aus dem Auto an, um Himmels willen jetzt keinen Unsinn zu machen! Aber sie grinste verächtlich und gab mir häßliche Widerworte, Worte, wie sie von Frau zu Frau selten zu hören sind. Je heftiger ich sie anflehte, sie möge sich doch um alles in der Welt jetzt nicht *entblößen*, um so unflätiger antwortete sie mir, und ich hörte sie meine Prüderie verhöhnen.

Nun stand Harlekin kaum zwei Schritte vor ihr und bedrohte sie mit der Waffe. Da sagte Baubo sehr leise zu ihm: »Sieh mich doch erst einmal.« Aber es versagte ihr fast die Stimme, denn nun wußte auch sie, was sie riskierte. Wenn sie *jetzt* das vergeblich tat, was seit Urzeiten ein Mittel der Beschwichtigung war, dann hätte sie besser auf mich gehört. Aus Leibeskräften schrie ich ein letztes Mal, sie solle es lassen. Aber sie konnte nicht einhalten, sie hob ihren Rock und zeigte dem Irren ihr

Geschlecht. Da geschah das, was von nun an immer geschah und was wir vorher nicht wußten. Wenn Baubo ihre Blöße zeigt, muß eben jeder lachen. Harlekin war außer Gefecht gesetzt und mußte lachen. Und alle, die wie tot auf dem Hügel lagen, richteten sich auf und erkannten, daß die Gefahr vorüber war.

Ich weiß nicht, wer ich in diesem Zustand damals war. Ein Harlekin jedenfalls nicht. Offenbar hatte ich keinen Zweifel, daß der Ort, an dem sich dies alles zutrug, immer noch die Bühne war, und ich handelte die ganze Zeit, als hätte ich die Bühne gar nicht verlassen. Gleichzeitig war es aber nicht mehr unser kleines Theater. Dort herrschte die ewige Nacht. Es hatte sich in eine Stätte des Grauens gewandelt. Irgendein Akt der Verwüstung mußte hier stattgefunden haben. Wie nach der Invasion einer bilderstürmenden Soldateska, so mein Gefühl, lag alles zerstört und verödet. Auf den Sitzen im Parkett hing hier und da noch ein bunter Schal oder ein Halstuch von Besuchern, die überstürzt aus dem Theater geflohen waren. Das Spiel, in dem ich auftrat, hieß: after the performance, ghost stage, und es war das Spiel für immer *nach* dem Spiel. Es gab keine Schauspieler mehr, alle handelnden Personen waren Gespenster. Nur in den Garderoben arbeiteten unverdrossen angehende Maskenbildnerinnen. Als wäre die Bühne nicht in ewige Nacht gesunken, übten sie an Greisen aus Seniorenheimen, deren verbrauchte Haut sie beliebig schminken durften, deren graue Köpfe sie mit Faunsmasken aus Gummimilch überzogen ... Das war damals mein Ausgangspunkt. Mein Inneres.

Sie engagierten mich, Baubo, noch am selben Tag und ließen Johanna, die Spalterin, ziehen. Von nun an waren wir eine Wandertruppe und besuchten die reichen Betrübten in ihren großen leeren Häusern. An jedem von uns vollzog sich eine Häutung. Mit mir schafften auch die anderen drei den Wechsel in die lautere Sympathie, beinah über Nacht.

Das Werk

Heute ist er ein alter Mann, ein Rentner, der eine drei-viertellange Kunstlederjacke trägt, in hellem Karamel-ton und mit einer weißen gekräuselten Fellimitation am Kragen, sehr enge Jacke, sicher schon dreißig Jahre alt. Er geht früh um halb fünf mit kleinen, beeilten, aber schlurfenden Schritten durch die menschenleeren Stra-ßen, in denen der Zeitungsausträger von Block zu Block fährt, während in den Bürohäusern das Neonlicht auf-flackt und die Putzkolonne an die Arbeit geht. Wer ist es, wer war er?

Er sagt: »Ich habe nach dem Krieg einen Zeitungs-kiosk geführt. Am Nollendorfplatz.«

Und sonst noch? »Ich war Soldat«. Davor? »Ganz früher bin ich Radrennen gefahren.«

Er verleugnet sein Werk. Er war Soldat, auch Rad-rennfahrer. Doch vor allem anderen ist er Carl Gustav Reutel, Verfasser des zweibändigen Epos in Versen *Die Nornen*, erschienen im Verlag Perlhauer und Brunn, Leipzig o. J.

Er sagt: »Nach dem Zusammenbruch mußte ich Stei-ne klopfen und Kanister sammeln.« Er sagt auffallend oft *nach dem Zusammenbruch,* so daß man den Eindruck gewinnt, seine Erinnerungen konzentrierten sich im wesentlichen auf die unmittelbare Nachkriegszeit. Erst allmählich stellt sich heraus, daß er vom Zusammen-bruch seiner geistigen Kräfte spricht. Ich halte in Hän-den den ersten Band der *Nornen*, Fundstück aus dem Keller einer verstorbenen Schauspielerin, deren Nachlaß ich treuhänderisch verwalte. Das Exemplar stammt zweifelsfrei aus dem persönlichen Besitz des Autors. Es ist beinah bis zur Unlesbarkeit mit dicken Strichen, Randbemerkungen, Verbesserungsversuchen, höhnischen Selbstkommentaren versehen. Offenbar handelt es sich um den letzten Versuch, sich dem eigenen Werk wieder zu nähern, *nach dem Zusammenbruch*, der im übrigen etwa um 1941, also mitten im Zweiten Weltkrieg stattgefunden haben muß.

Ich habe dies herausgefunden und zweifelsfrei datieren können, nachdem ich den zweiten Band der *Nornen* in einem Rotterdamer Antiquariat aufstöbern und nun, ungestört von Autorkommentaren, lesen konnte, was Reutel ursprünglich geschrieben hatte. Verse von großer, gedankenbewegender Kraft und Schönheit, wie ich meine, jedoch in einem Stil gehalten, als hätte es einen Klopstock ins Zeitalter der Jagdbomber verschlagen. Wie gesagt, das ist die Meinung eines Notars, der erst spät und nur über Reutel zur Literatur kam, also, wenn der Vergleich auch albern ist, wie die Jungfrau zum Kind.

Ich habe dem Alten die beiden Bände seines Werks vorgelegt, aber er hat sie wie zwei leere Zigarrenkisten aufeinandergestellt und beiseite geschoben. Er habe kein Verhältnis zu Büchern, ließ er mich wissen. Ich habe es dann nicht ein zweites Mal versucht, ihn dazu zu bringen, sein Werk anzuerkennen. Ich hielt es nicht für schicklich und konnte es auch nicht verantworten, den alten Mann seiner Legende, die er sich wie ein Spion zugelegt hatte – Selbstschutz? Selbstflucht? –, zu berauben und ihn zu zwingen, sich seiner Existenz als Autor erneut bewußt zu werden. Er ahnt nicht, daß ich es nun bin, der sich mit dieser Dichtung beinah an Autors Statt identifiziert. Der alles durch Wort und Schrift dafür tut, ihr in der Geschichte der deutschen Literatur den gebührenden Platz zu erkämpfen. An eine Neuauflage des Werks ist so lange nicht zu denken, als es der Autor nicht als das seine anerkennt oder wiedererkennt. Es bleibt mir nicht viel mehr, als in Vorträgen und Aufsätzen zu referieren, zu zitieren, was zur Zeit wohl mir allein als Reutels *Nornen* vorliegt. Ich habe in Heft 769 der Zeitschrift *Werk und Wort* Auszüge der Glossen und Ornamente veröffentlicht, mit denen der Dichter den ersten Band der *Nornen* zunächst zu schmücken, dann zu überdecken, schließlich zu tilgen suchte. Sie bieten ein seltenes oder sogar einzigartiges Zeugnis für das einem nichtschöpferischen Menschen kaum vorstellbare Grauen, das dem Autor die Wiederbegegnung mit seinem Werk bereitete. Einzigartig vielleicht auch deshalb, weil in diesem Fall nicht das Werk vor dem kritischen Blick des Verfassers dahinsank, sondern weil es umgekehrt seinen Basiliskenblick gegen ihn erhob und seinen Geist, seine Person, seine Geschichte zerbrach. »Gibt es schon das Wort THEOLOGIE?« so stammelt er am Rande der dritten Seite, »vielleicht eine Möglichkeit, den ganzen Kram mit *einem* Ausdruck zu erledigen.« Sein Werk hatte ihn in heillose Unkenntnis versetzt.

Das Schließfach

Es war ein versonnener, schmächtiger Mann, der sich mir anschloß, ja geradezu anschmiegte. Auf der Achterbahn des Oktoberfests stieg er in meine Kabine und später im Münchner Hauptbahnhof bat er, da alle Schließfächer belegt waren, seinen »schmalen, schmalen« Koffer zu mir ins letzte freie, das ich ergattern konnte, hineinschieben zu dürfen.

»Wann geht Ihr Zug? Wann kommen Sie zurück und holen Ihren Koffer?« fragte ich ein wenig beunruhigt. »Nennen Sie mir ungefähr die Abfahrtszeit Ihres Zuges. Ich werde entsprechend früher hier eintreffen und auf Sie warten.«

»Ich richte mich ganz nach Ihnen.«

Es schien mir nun geboten, ihn als meinen Gast zu betrachten, wenn es sich auch nur um den Unterschlupf in meinem Schließfach handelte, den ich ihm gewährt hatte.

»Einfacher wäre es wohl, ich würde Sie so lange begleiten, bis Sie zum Bahnhof zurückkehren und das Schließfach wieder öffnen. Selbstverständlich laufe ich auch in angemessenem Abstand hinter Ihnen her, falls Sie noch eine andere Verabredung wahrnehmen müssen. Sie brauchen sich um mich nicht zu kümmern. Ich werde Ihre Spur nicht verlieren.«

Schließlich habe er gut vierzig Jahre damit verbracht, sich einen Weg zu bahnen zur Leiche seines Bruders. Bis zu der Stelle, mitten im brasilianischen Urwald, an der dieser von seinem Weggefährten heimtückisch erschlagen worden war. »Seither ist es mir auf keinem Weg mehr eilig.«

Für den Rest seines Lebens hatte er sich nichts anderes vorgenommen, als wiederum einen Weg zu bahnen, diesmal zum Mörder seines Bruders. Dieser war, wie er wußte, leider nicht im Urwald aufzuspüren, worin er nun ein wenig Erfahrung besitze, sondern er wurde im Untergrund einer europäischen Großstadt vermutet. Sollte es ihm nicht mehr vergönnt sein, seine Suche mit Erfolg abzuschließen, so hoffe er, daß nach seinem Tod der Neffe den Weg fortführen werde, bis er eines Tages vor dem Mörder seines Vaters stehe. Zu diesem Brudersohn sei er augenblicklich unterwegs. »Was heißt da augenblicklich!« korrigierte er sich streng, als hätte er einem anderen Ich zu widersprechen. Der Augenblick sei eine Zeiteinheit, die für ihn keine Rolle mehr spiele. Es erstrecke sich ihm alles in sehr gedehnte Tempi.

Er könne sehr wohl auch seine Reise nach Bamberg zum Neffen erst in fünf Jahren fortsetzen, falls ich auf meinem Weg zurück zum Schließfach aufgehalten oder in unvorhergesehene Umstände verwickelt werden sollte. Er werde deshalb seine abstandhaltende, verläßliche Begleitung gewiß nicht aufgeben und mir in aller Ruhe auf den Fersen bleiben.

Fremdleben

Diese Ehe ist eine Räuberhöhle! Ihr Diebesgut sind immer neue, oft brandneue Klatschgeschichten, beispielhafte Vorfälle aus dem Bekanntenkreis, Skandale, Mißgeschicke, Abgründe, die die beiden mit Eifer nacherzählen oder gar mit verteilten Rollen wiedergeben, jedenfalls begierig durch sich selbst erleben. Dieser zweifelhafte Schatz an Fremdleben übt auf das Diebespaar, die Eheleute, auf Dauer keine günstige Wirkung aus. Statt einander selber Mann und Frau zu sein, werden sie nicht müde, nächtelang von anderen zu zehren, mit denen sie dann ein wenig zittern, stöhnen und perplex sein können.

Der Mann sagt: Da wir nun sehr lange schon erzählen, sehr lange miteinander sind, werden zweifellos ein paar düstere Vorzeichen in unseren Geschichten aufgetaucht sein. Ich meine: Vorzeichen, die uns eine Warnung sein wollten und unsere gemeinsame Zukunft betreffen. Sie sind während unserer langen Unterhaltung irgendwo aufgetaucht und dann wieder verschwunden. Einige haben wir vielleicht sogar bemerkt und nicht weiter beachtenswert gefunden. Andere haben uns tatsächlich erschreckt, aber in diesem sehr, sehr langen Verlauf unserer Gespräche ebbte der Schrecken wieder ab, und wir kamen über sie hinweg. Meinst du nicht auch?

Die Frau sagt: Erinnere dich nur, wie es bei Linkowski war, als er seinen Unfall hatte. Er kam ins Krankenhaus, und seine Frau erfuhr erst später, erst von einem Arbeitskollegen, was geschehen war. Sofort ab in die Klinik, sie kam gerade von einer Geschäftsreise zurück. Jetzt eilt sie über den Flur, 211, 212, 213, 214 – da! Sein Zimmer. Doch die Stationsschwester tritt ihr in den Weg. Sie hindert sie, die 215 zu betreten. Es säße doch schon eine Frau Linkowski an Herrn Linkowskis Bett!

Der Mann sagt: In dieser Sekunde einer tödlichen Bestürzung –

Die Frau fährt fort: Stürmt sie die Tür, steht sie in seinem Zimmer. Was sieht sie? Im Krankenbett den Unbeweglichen, den in seinen Bandagen Gefesselten. Neben dem Bett sitzt eine Frau, die die Hand ihres Mannes hält. Die wahre Frau Linkowski schreit –

Der Mann sagt: Schleudert es wie einen Fluch heraus!

Die Frau brüllt: Wer sind Sie …?!

Und setzt leise hinzu: Natürlich bekommt sie keine Antwort.

Der Mann nickt verständig: Nein. Frau Linkowski begreift nun langsam, Wort für Wort und Punkt für Punkt, das Unfaßliche.

Die Frau, kreideweiß, stammelt: Wie lange – wie lange schon?

Der Mann, in der Rolle der falschen Linkowski, schicksalhaft ruhig: Seit etwa acht, neun Jahren.

Die Frau, noch stammelnd: Schon öfter als seine Frau ausgegeben? Haben Sie –?

Der Mann nickt, was soll er sagen?

Die Frau rafft sich zusammen: Es ist gut. Gehen Sie jetzt. Verlassen Sie bitte den Raum. Alles geht kaputt. In unserem Haus. In unseren Körpern. In unseren Gesichtern und Herzen. Es ist ein fortgesetztes Brechen, Splittern, Reißen. Ein Abfallen und Sichlösen in uns drin, durch uns hindurch. Ich will damit sagen, wenn *du* von einer anderen zu mir nach Hause kämst, so würdest du mir nicht weniger entstellt erscheinen als Linkowski nach seinem grauenhaften Unfall. Ein völlig entstellter Mensch, ein Überfahrener, ein Überrollter, ein in Fetzen Gerissener, den nur noch die Bandagen seiner ordent-lichen Kleidung zusammenhalten.

Ich will damit sagen: Ich kann mir nicht vorstellen, daß ich dich dann noch *identifizieren* könnte.

Der Arglose

Ich kenne die Geschichte eines Mannes, der zum Othello wurde und seine Frau erwürgte zwanzig Jahre nach einer Affäre, die sie angeblich mit seinem besten Freund gehabt hatte. Er entdeckte Indizien für ihre Untreue erst im Nachlaß seines Freunds, den er nicht mehr zur Rede stellen konnte.

Der Gedanke ließ ihn nicht mehr los, daß seine Frau, die er unverbrüchlich liebte, ihn zwanzig Jahre in dieser elenden Täuschung eingesperrt hatte. In Wahrheit aber konnte er den *Gedanken an seine Arglosigkeit* nicht ertragen. Den Gedanken, daß sie ihn in seiner Arglosigkeit zwanzig Jahre lang still beobachtet, wenn nicht gar bemitleidet hatte. Sein Mangel an Argwohn brachte ihn nachträglich zur Raserei. Nicht die, die ihn vermutlich betrogen hatte, wollte er töten, sondern jene einzige Zeugin seiner erbärmlichen Arglosigkeit.

Verwirrung

Roman, elf Jahre alt, blieb der höfliche Knabe, er ließ sich nichts anmerken, die Scheidung der Eltern war wie ein Schwert mitten durch seine Liebe gesaust. Er zeigte keine auffälligen Merkmale der Verstörung oder Charakterveränderung. Seine Manieren blieben vorbildlich. Umsicht und Aufmerksamkeit regierten sein Verhältnis zu anderen Menschen, auch zu dem neuen Vater.

Die Eltern hatten seit längerem in getrennten Wohnungen gelebt, Roman besaß daher in den letzten Jahren zwei Kinderzimmer. Jenes beim Vater wurde nun ausgeräumt. Alle seine Sachen weg! Solange seine Sachen hier waren, lebte er noch in der Wohnung. Sein Bett, seine Regale, sein Spielzeug, seine Poster und Bücher, alles befand sich ja immer in Erwartung seines Besuchs am nächsten Wochenende. Nun waren seine Sachen verschwunden, das Zimmer spurlos geleert von Roman, auch die Stadt, die ganze Stadt war von ihm leer ...

Denn die Mutter liebte einen Menschen in Süddeutschland, zog zu ihm und nahm den Sohn mit. Alle seine Sachen weg! Der verlassene Mann, sonst ein schneidiger Intellektueller, dem nichts unaufgeklärt blieb, sah sich vom Schicksal in die Unschuld der Not versetzt. Er litt und verlor jedes Interesse am Begreifen. Zwar sagte er zu sich selbst: Das ist im interpersonalen Raum das Schlimmste, was einem Menschen zustoßen kann, aber das Begriffsdeutsch gehörte nun einmal zu ihm, auch die Katastrophe hatte es ihm nicht ausgetrieben, sowenig wie ein Junkie nach seiner Entwöhnung aufhört, im Junkiejargon zu sprechen. Seine Worte sagen ja nichts über die tatsächliche Leidenstiefe eines Menschen. Die meisten hört man selbst von ihrem äußersten Elend nur in Allerweltsfloskeln berichten.

Von seiner früheren Frau blieb ein eisiges Nachwehen. Nur Kälte und abschätzige Bemerkungen blieben ihm von ihr zurück. Ihr Ehrgeiz war es, formgerecht das Böse zu tun, obwohl sie selbst wenig Anlage zur Bosheit besaß. Wie konnte es auf einmal ganz und gar *ihr* Kind werden? Sie war es doch, die alle Gemeinsamkeiten aufgekündigt hatte. Die mit seiner Liebe, die trotz des Gebrauchs verstiegener Begriffe eine einfache, gläubige Liebe war, von heute auf morgen nichts mehr anfangen konnte. Die sich die Freiheit genommen hatte, einfach begierig nach Neuem zu sein. Wurde ihr deshalb die freie Verfügung über das Kind zugesprochen? Und ihm nur ein paar Besuchszeiten, wie in einem Gefängnis. Verbunden jetzt mit einer langen Reise. Ja, man hatte nur ihn bestraft. Wofür? Weil er seine Familie treu und zuverlässig liebte? Gesetze, die dieses schreiende Unrecht dulden, sind selbst ein Verbrechen. Die Frauen oder Männer, die eine solche Scheidungsregelung zu verantworten haben, sind sittliche Schwerverbrecher. Der legalisierte Menschenraub! Er suchte eine Zeitlang nach dem *tipping point*, das war sein neues Schlüsselwort, dem Kippunkt im Verhältnis zu seiner Frau. Er verfolgte die Spuren der Entfremdung, die er erst bemerkt hatte, als es schon zu spät war, zurück bis in ihre guten Tage. Irgendwann, aber wann genau?, mußte die

Saat der Trennung gesät worden sein. Ach, schon im Beginn, im ersten Augenblick war das!

Dieser in allem ungelenke Intellektuelle saß nächtelang im ausgeräumten Zimmer seines Sohns und wurde immer grüblerischer, versponnener, urteilsschwächer. Manchmal sprach er mit Roman, aber er fing an zu stottern und geriet in ungewohnte Ausdrucksnot.

»Mach nichts wie ich«, stammelte er mehrmals, und als er nicht weitersprechen konnte, schrieb er seine Worte auf einen Block.

»Ich habe nach den Begriffen gelebt. Es ist aber besser, viele Sagen, Mythen, Geschichten zu besitzen, sie nicht bloß zu kennen, sondern wirklich zu besitzen. Das heißt: von ihnen besetzt und besessen zu sein. Damit kann jeder seine Familie beliebig vergrößern. Sein Typ mitsamt seinem Unglück bekommt eine Menge Geschwister. Onkel und Väter, Vorgänger, Ahnen, einen ganzen Clan, zu dem er gehört und der im Notfall ihm beisteht. Damit du nicht nackt und abstrakt dastehst, wenn dir einmal etwas so Unbegreifliches passiert wie mir. Wenn man viele Geschichten besitzt, wird man sich immer an eine andere, sehr alte, sehr ähnliche erinnern und ein wenig Trost finden bei seiner jahrhundertealten Verwandtschaft, bei seiner Familie. Alles, was dir als ein grausamer Zufall erscheint, der dich in furchtbarer Vereinzelung trifft, ist in Wahrheit nichts als eine Erinnerungslücke: weil dein Hirn den Zusammenhang mit der großen Geschichte des menschlichen Unglücks verlor. Nicht herstellen kann. Nicht parat hat. Und auch deine Mutter nestelt jetzt euer neues Nest aus altem Plunder, aus dem Plunder uralter Neuanfangsgeschichten.

Jeder Angstschrei des Hasen, den man hetzt/eine Faser im menschlichen Hirn zerfetzt. Und dann setzt die Verwirrung ein. Die Engel sind übrigens deshalb so klein, weil sie auf den Kern des Guten geschrumpft sind.«

Später wird er sich über das Wort *Verwirrung* beugen und sich fragen, was damals darunter zu verstehen war. Erstens: Was man kritisch darunter zu verstehen hatte. Zweitens: Was ihn persönlich, als er *Verwirrung* hinschrieb, bewogen haben konnte, das Wort vollkommen *unspezifisch* zu verwenden. Es unzählig oft zu wiederholen, fein säuberlich, in Schönschrift aufs Papier gemalt.

Der Mittler

Der junge Geisterfänger wurde wieder einmal um einen Freundschaftsdienst gebeten. Eigentlich arbeitete er ganz oben im Tower beim Planungsteam von ZTSF und galt dort als erfahrener Troubleshooter, als versierter Mittler zwischen den oberen und den unteren Genien. Jetzt besuchte ihn der Assistent eines kleinen Labels, das in einer der unteren Etagen des Hochhauses alte Tondokumente aufbereitete. Er kam in der Mittagspause und sagte: »Edgar läßt fragen, ob du dir seine letzte Aufnahme anhören könntest? Es ist wie verflucht: Wir bekommen an einer bestimmten Stelle nicht die Klangfarbe, die wir eingegeben haben. Aber es ist kein technisches Problem. Irgendwo steckt ein Teufel im Detail. Es wäre wunderbar, wenn du gleich mit ins Studio runter kämst.«

Sie gingen also siebzehn Stockwerke abwärts, der junge Transsensuelle zog es vor, keinen Fahrstuhl zu benutzen. In den Zwischenetagen tauchte in den Fensternischen oft eine kleine goldgelbe Flamme auf, die er jedesmal wegwischte wie einen Fleck. Säuberlich und restlos zu beseitigen suchte. Wenn sie wieder aufflammte, ging er zurück und fing sie ein zweites Mal weg. Schüttelte sie von der Hand und zertrat sie am Boden. Immer wieder kam es zu bizarren Erscheinungen im Treppenhaus, als zöge der Gang des Mittlers abwärts lästige Geister aus den Wänden, die in den verschiedenen Betrieben und Büros des Hochhauses immer wieder für Pannen und Störungen sorgten. Auf diese Weise wurde der Abstieg von Etage zu Etage immer *illuminier-*

ter. Der Assistent kicherte beeindruckt, aber es war ihm doch nicht ganz geheuer. Der Mittler kam mit einigen Geistern umgänglich ins Gespräch, mit anderen geriet er in heftigen Streit. Es dauerte also eine Weile, bis sie in Edgars Studio im dritten Stockwerk angekommen waren und Lilly sie dort in Empfang nahm.

Edgar, ihr Mann, war gerade zu einem Kunden gerufen worden. Der Transsensuelle, der seine übernatürliche Begabung so professionell einsetzte wie ein Programmierer seinen Rechnerverstand, ließ sich die neue Aufnahme nur anspielen und hatte den Teufel im Detail schon gestellt.

Vorgebeugt, um die neue Mischung auf dem Display zu verfolgen, stand Lilly im weißen Bademantel neben ihm, so vorgebeugt wegen ihrer Kurzsichtigkeit, daß das breite Revers links ein wenig einknickte und ihre nackte Brust freigab. Es geschah fast wie nebenbei, daß der Mittler, der alles andere als ein Mann für Frauen war, ruhig wie ein Installateur, der ein undichtes Heizungsventil prüft, in den Auschnitt ihres Morgenmantels griff, um *einmal* mit ihrer warmen Brust seine Hand zu füllen. Man muß sagen, daß er nichts weiter tat und gleich wieder losließ. Danach schüttelte er seine Hand ein wenig, als müsse er wieder ein lästiges Flämmchen abschlagen, um sich dann wieder dem Display zuzuwenden.

»Was …?« hatte Lilly gefragt, ein wenig verwirrt von der geradezu handwerklichen Berührung. Es war aber kein wirkliches Fragen, eher ein Nachfragen, erstaunt oder erschrocken, gewiß nicht verärgert, aber so, als wollte sie wissen, *was* er mit diesem Griff denn *gemeint* habe. Als wäre etwas gesagt worden, das sie nicht verstanden hatte. Sie fragte nicht etwa: Was soll das? Was willst du von mir? Was er aber von ihr wollte, mehr als einmal seine Hand mit ihrer Brust zu füllen, hätte der Mittler auch nicht zu sagen gewußt. Die Berührung um der paßgenauen Form willen hatte jedoch, wie ihm nicht verborgen blieb, sofort die verdammte Grundfrage zwischen Mann und Frau aufgeworfen, und der Deckel schepperte schon auf dem aufschäumenden Topf. Der Mittler verneinte mit einem schnellen Kopfschütteln. Er mußte sich beeilen mit dem Leugnen, dem Abschütteln jeder weiteren Absicht. Er wußte schließlich, daß so eine flüchtige Berührung schwer isolierbar ist. Und daß sie bei einsetzender Wechselwirkung nichtkontrollierbare Folgen haben und noch die schwächste Anziehung zwischen den Geschlechtern unverhältnismäßig verstärken könnte. Das freundliche Nein war zugleich seine Entschuldigung. Es war nichts, es hatte nichts zu bedeuten, sagte sein Kopfschütteln.

Als der Vater seiner Tochter Asenath den Joseph zum Mann geben wollte, antwortete sie, schwitzend vor Empörung: Das ist doch der, der bei der Frau seines Herrn ruhte. Das ist doch der, der Träume deutet wie die alten Weiber der Ägypter! ... Eine Schmährede aus Gerüchten ergoß sich aus ihrem Mund. Doch Josephs Mund verschloß sich, da er die Asenath nicht küssen wollte. Er legte seine Hand auf ihre Brust und wehrte sie ab. Der Mund der Götzendienerin war ihm unrein, von *erwürgten Speisen* verschmutzt.

Doch es flogen die weißen Bienen des Erzengels Michael herbei mit purpurfarbenen Flügeln. Sie setzten sich alle an Asenath und bauten in ihrem Mund eine Wabe.

Die Wunderlinde

Kurz hinter der Stadtgrenze trat man in eine dürre Ebene, in der einst Weiden und Äcker lagen. Ein alter Feldweg, der sich hindurchzog, endete nach einigen Kilometern jäh vor einer abschüssigen Vertiefung. Ein gut zehn Meter breiter und sicher ebenso tiefer runder Graben tat sich dort auf, und in seiner Mitte, wie der Stempel einer Blüte, erhob sich ein Wiesenplateau mit einem einzigen, gewaltigen Lindenbaum. Ringsum aber fiel dieser Stempel schroff und steil zum Graben ab. Auf der sonderbaren Bauminsel lagerten überall junge Menschen. Aber auch unten im Graben befanden sich welche, wenn auch nicht hingelagert, sondern mit allerlei Gartenarbeit beschäftigt. Am oberen Rand des Trichters, wo der Feldweg endete, also weit über dem Grabengrund, saßen andere Frauen und Männer, unentschlossene offenbar, die zwischen den stumm und ruhig Dahindämmernden auf der Lindenbaum-Insel und den Geschäftigen im tiefen Grund hin und her blickten. Viele der Ruhigen hingen auch, beinahe wie träge Früchte, in den ausladenden Ästen des Baums. Sie warteten nicht oder erwarteten nichts mehr. Manche unten im Graben sahen hinauf zum Baum und tauschten mit den dort Hängenden einen Zuruf oder ein Handzeichen. Sonst gab es keine Verständigung unter den drei Abteilungen, die sich hier begegneten. Denn so waren sie aufgeteilt: die am Rande des Grabens standen vor der Wahl, zurückzukehren in die verwüstete Stadt oder sich unter nicht geringen Gefahren hinunterzulassen in den

Graben, das heißt den Absprung oder das lange Abrut-
schen in die kreisrunde fruchtbare Schlucht zu wagen.
Und dies nur, um der Mitte mit dem Lindenbaum, den
alle für den Ort der Seligkeit ansahen, auf eine letzte Sta-
tion näher zu rücken …

Dort hinauf mit gewöhnlichem Bergsteigergeschick
würden die, die einmal im Graben gelandet waren, ohnehin niemals gelangen. Die Insel mit dem Baum war
nicht zu erklimmen. Wie waren aber die, die im Baum
saßen oder unter ihm müßig lagerten, dennoch an diesen herausgehobenen Ort gelangt, wenn kein Weg, den
ein Mensch bewältigen konnte, dorthin führte?

Vor langer, sehr langer Zeit, als die Menschen noch
nicht in hellen Scharen aus ihren Städten und Gemein-
den davonliefen, waren es stets einzelne mutige, selbst-
lose, gottesfürchtige Männer und Frauen gewesen, Su-
cher und Anachoreten, Dichter und Weise sowie die unruhigen Schwestern der Bäume, die sich auf eigne Faust
aufgemacht hatten, um ihren Frieden in der freien Flur
zu finden. Manche von ihnen kamen auch an diesen
tiefen Graben, stürzten hinein oder sprangen entschlossen hinunter, denn sie sahen den Wunderbaum in der
Mitte und wollten zu ihm gelangen. Doch einmal unten angekommen, blieben sie stecken, sie kamen nicht
weiter. Sie vermehrten ihre Gebete, und ihre verzückten
Visionen nahmen zu, je schlimmer ihre tatsächlichen
Entbehrungen wurden, die sie in der öden Umrundung
erlitten. So entstand eine Gemeinde von Grabenbewoh-
nern, die außerhalb von Zeit und Gesellschaft ihr kärg-
liches Dasein fristete, sich von Würmern und getrock-

netem Vogelkot ernährte. Und sie starben auch in diesem Graben, vermoderten und zerfielen. Ihre Substanz aber drang in die Erde, und ihre innere Helligkeit berührte die Wurzeln des Baums. Diese nahmen die Strahlungen auf und förderten sie wie Wasser in die Höhe der Linde. Solcher Stoff gehörte nun zur Nahrung des Baums. Er bildete nach vielen, vielen Jahren statt seiner üblichen Fruchtnasen kleine gegliederte menschliche Früchte an seinen Zweigen, und die Grabenheiligen hingen dort wieder in ihrer alten, wenn auch auf das mindeste geschrumpften Leibesgestalt. Sie lebten nun im Kreislauf des Jahrs, und der Baum ernährte sie. Sie waren in Wahrheit nicht Früchte, sondern Kinder des Baums. Sie blühten, wenn er blühte, und sie verschrumpelten und vertrockneten jedes Jahr im Winter. Sie sprachen nicht und sie dachten und träumten nicht mehr, ja sie glaubten nicht einmal mehr. Ein ewiges Lächeln der Genugtuung lag auf ihren Lippen. Sie waren eins mit dem Baum. Und ihre Jugend war etwas vollkommen anderes als die Jugend der vielen Randlagerer und Grabenmenschen, die sehnsüchtig zu ihnen aufblickten. Jedoch waren sie zu weit entfernt, als daß ihre Bewunderer die Starrheit des zeitlosen Lächelns auf ihren Gesichtern hätten wahrnehmen können. Die Anwärter wußten nicht, daß außer dem Erdgraben sie noch ein gewaltiger Zeit-und-Wesen-Wandel von den Baummenschen trennte. Sie erschienen ihnen vielmehr als unmittelbare Zeitgenossen, nur eben sehr viel glücklicher als sie selbst, da sie keine Sprache mehr verwenden mußten.

Doch wie kamen nun jene neuen Nachfolger, die bereits in den Graben gestürzt waren, mit den Entbehrungen zurecht, die ihnen der Aufenthalt, der ausweglose, auf dem nackten Boden abverlangte? Aßen auch sie Würmer und Vogeldreck und bedeckten sich mit Erde, bis ihr Leib zerfallen und aufgelöst war? Nein, denn dazu fehlte ihnen die nötige Glaubensstärke, fehlte ihnen der unbedingte Wille zur Entsagung, den der harte Weg hinauf zum erlösenden Ziel nun einmal erforderte. Sie dämmerten schon bald in Erschöpfung und kraftloser Apathie. Als es immer ärger wurde, schrien etliche von ihnen um Hilfe, man möge sie aus dem Graben wieder herausholen und retten. Doch wer hätte das tun sollen? Aus den verödeten Wohnorten konnte keine Hilfe mehr kommen. Das einzige, was von dort kam, waren düstere Giftwolken. Da waren lediglich die Randlagerer noch, die die Grabenleute um Hilfe anrufen konnten. Diese sahen nun, wie die Giftwolken immer niedriger heranzogen, und sie wären unweigerlich an ihnen erstickt, denn sie berührten beinahe schon den flachen Boden. Da griffen sie in ihrer Panik um sich herum alles, was noch gesundes Leben hatte, Blumen, Gesträuch und Getreide vom Feld, rissen es mit der Wurzel aus und warfen es hinunter in den Graben und sprangen selbst hinterher. Damit waren sie vor der Wolke in Sicherheit, sie zog über den Graben hinweg.

Sie machten sich nun nach besten Kräften daran, alles, was sie oben noch an sich gerafft hatten, in die spröde Erde des Grabens einzupflanzen. Doch meist war dort der Boden so steinig, daß gar nichts anwachsen wollte. Bald verloren sie ihren Mut und wollten schon verzweifeln und alles seinlassen. Als sie ganz hoffnungslos hinsanken, strich oben aus der Linde ein frischer und kräftiger Wind. Sie glaubten ihren Augen nicht zu trauen, so unnatürlich und in der Zeit beschleunigt spielte sich das Naturgeschehen ab. Kaum daß sich der Himmel rasch verfinstert hatte, fiel auch schon der dichte Regen und löste abertausend Lindenblätter von den Zweigen und ließ sie in den Graben flattern.

Es waren unzählige wertvolle Blätter, die die Wunderlinde auf die Bedürftigen herabgab. Waren sie eben noch grün, so verwandelten sie sich unverzüglich auf dem Grabenboden in eine braune, dichte Schicht, die schon bald trocknete und zu frischem Humus zerging.

Nun sahen sie in einer Kürze der Zeit, die für ein gewöhnliches Wachstum niemals ausgereicht hätte, wie ringsum ihre kümmerlichen Pflanzen fruchtbar wurden und in die Höhe schossen. Bald hatten sie keinen Mangel an Sonnenblumen, Kräutern, Getreide und Feldfrüchten. Der trostlose Graben verwandelte sich in ein liebliches, fruchtbares Tal. Jetzt gab es Nahrung genug, um sich zu stärken. Als sie wieder bei Kräften waren, machten sie sich daran, ihre Arbeit sinnvoll einzuteilen, um den gewonnenen Reichtum zu pflegen und zu vermehren. Es gelang ihnen mit der Zeit nicht nur, dem Graben einen regelmäßigen Ertrag abzugewinnen, sondern auch eine vorbildliche Lebensordnung einzurichten, in der jeder nach seinem Maß die Rechte und Pflichten eines freiheitlichen Gemeinwesens teilte.

Schließlich brauchte niemand mehr sehnsüchtig oder verzagend hinaufzublicken, weder zurück auf den Rand, von dem er herabgefallen war, noch vorwärts auf die selige Mitte und ihren Wunderbaum. Dessen üppigem

Geschenk verdankten sie den fruchtbaren Grund und ihr bescheidenes Wohlergehen. Und sie vergaßen es nicht. Der Tag des Blätterfalls war der höchste Feiertag in ihrem arbeitsreichen Jahr.

Doch außer dem Gedenken gab es keine Lebensader mehr, die Linde und Graben verband.

In getrennten Kreisläufen ernährte sich das Untere vom Unteren und das Obere vom Oberen. Niemand erinnerte sich mehr an die Sehnsucht, ein Baumkind zu werden, mit der seine Ahnen einst in den Graben gesprungen waren.

Würzburg

Am Palmsonntag, ihrem dreiundfünfzigsten Geburtstag, schritt die Kustodin die berühmte Treppe der Würzburger Residenz hinab, nachdem sie sich einen ersten Überblick über Abhängungen und Gerüste verschafft hatte. Mit Beginn der kommenden Woche würde sie hier die Restauration der Tiepolo-Decke überwachen. Die herrlichen Stufen abwärts zu gehen, wurde ihr zu einer kleinen sakralen Freude, Alma descendit. Zum Feiern sonst sah sie keinen Anlaß. Freunden war sie ausgewichen, die besten waren ihr ohnehin seit langem abhanden gekommen.

An der Brüstung lehnten zwei Schülerinnen, die vorher streitend die Residenz betreten und sich beim Aufstieg im Treppenhaus plötzlich wieder vertragen und umeinander geschlungen hatten. Die eine trug ein organgefarbenes Kleid, kurz wie ein Hemd. Beide interessierten sich nicht sonderlich für ihre Umgebung, auch wenn der prachtvolle Aufgang sie so erfreut haben mußte, daß sie sich auf seinen Stufen wieder versöhnten.

Da die Kustodin allein war und nun fast eine ältere Frau, sprach sie die beiden an, mit keinem anderen Bedürfnis, als sie auf einige Sonderheiten in der Baukunst des Balthasar Neumann aufmerksam zu machen. Die Mädchen hörten ihr gern zu und erklärten, daß sie unter dieser Muldendecke und auf diesen ideal bemessenen Stufen gar nicht anders gekonnt hätten, als sich wieder zu vertragen.

Da sie neben ihrer Tätigkeit in der Residenz gleichzeitig eine Ausstellung über den fränkischen Barock vorbereitete, hatte sie Zugang zu den Räumen der Galerie TZ, in denen ein Teil der Exponate, namentlich Modelle und Entwürfe, gezeigt werden sollte. Sie lud die beiden Mädchen ein, sie zu ihrer zweiten Würzburger Wirkstätte zu begleiten. Am Vormittag hatte sie sich als einziges Geburtstagsgeschenk eine hochwertige High-End-Musikanlage genehmigt. Dies geschah nicht zuletzt in der Absicht, sich mit der fortgesetzten Tüftelei beim Aufbau und Anschluß der einzelnen Komponenten abzulenken, um dem Trübsalblasen an ihrem Jubeltag keine Chance zu geben.

Nun waren die beiden Mädchen mit ihr, aber sie saßen ermattet, als ob Zank und Versöhnung sie erschöpft hätten, auf den leeren Kartons der ausgepackten Anlage und sahen der Kunsthistorikerin untätig dabei zu, wie sie am langen schwarzen Kabel den schon verstöpselten Baßkasten zu sich zog, den Subwoofer über das spiegelglatte Parkett schleifte, bis er im Lichthof, der Zone unter dem Glasdach, seinen Platz fand.

Ihre jungen Gäste halfen ihr weder beim Auspacken noch bei der Einrichtung der einzelnen Geräte. Sie gaben auch keine Kommentare oder Ratschläge. Sie schwiegen. Es dauerte nicht lange, und sie sanken beide von den Kartons zu Boden und schliefen fest nebeneinander ein.

Die Kustodin studierte die Gebrauchsanweisung der Anlage. Es kostete sie einige Mühe, sich durch die rätselhaften Piktogramme, durch das unerforschliche Deutsch der Beschreibung vorwärtszutasten. Außerdem glaubte sie, ein Kabel mit Cinchbuchse fehle der Ware, so daß der endgültige Anschluß nicht gesteckt werden konnte. Das Suchen und Werkeln dauerte Stunden, aber darüber verstrich der Geburtstag und sie kam nicht in Gedanken.

Eine ersten Kostprobe ihrer High-End-Anlage blieb ihr also versagt. Statt dessen begann sie am Rande des Beipackhefts zu kritzeln und dachte sich Anordnungen für die geplante Ausstellung aus. Nach einer Weile fiel ihr auf, daß ihre Striche, die sie in Gedanken an charakteristischen Fassadenschmuck aufs Papier brachte, einen seltsam zweideutigen Umriß zeigten. Ein fachlich weniger geschulter Blick konnte sie ohne weiteres für eine obszöne Kritzelei ansehen. Sie nahm das Konzept für ihre Ausstellung aus ihrem Rucksack und bemühte sich, die Zeichen von der Gebrauchsanweisung gesäubert auf die Seiten ihres Konzepts zu übertragen, so daß sie keinerlei doppelte Ansicht mehr erlaubten. Jeder Strich suchte die historische Verzierung so getreu, wie es ihr möglich war, wiederzugeben. Als sie aber zum Schluß diese zweiten Zeichnungen betrachtete, entdeckte sie nicht weniger Details, die man als derbe Abortmalerei deuten konnte, obgleich es sich um sorgfältige Korrekturen ihrer ersten Skizzen handelte.

Das Konzeptpapier wurde nun stetig und bis zur Unleserlichkeit der schon beschriebenen Seiten mit neuen Ornamenten überdeckt, mit nun selbstentworfenen Mustern für besonders strenge Profile. Es ließ ihr keine Ruhe, sie wollte die anzüglichen Gebilde, die aus ihren Zeichnungen hervortraten wie aus einem Vexierbild, unbedingt ausmerzen. Aber es gelang nicht, sie kehrten immer wieder. Die Zweideutigkeit war nicht zu besiegen. Sie hörte erst mit dem Kopieren und neuem Entwerfen auf, als das Handy des orangefarbenen Mädchens seine Melodie auf und ab klimperte. Es steckte in ihrem Bauchbeutel, und die Zeichnerin griff hinein – griff mitten in eine Fülle von losen Tabletten, die das Handy wie Styroporkügelchen dämpften. Ein Harald meldete sich und verlangte nach Iris. Die Kustodin nahm an, daß die Orangene gemeint war, und sagte, Iris sei gerade im Waschraum. Sie würde später zurückrufen. Tatsächlich hatten die beiden beim Betreten der Galerie gemeinsam die Toilette aufgesucht. Sie hatte ihnen nachgeblickt und sich gefragt, wie alt sie wirklich waren. Zweifellos keineswegs so jung, wie sie zunächst geglaubt hatte. Wahrscheinlich längst keine Schülerinnen mehr. Sie führten sich nur auf wie Backfische, aber die nahm sie ihnen jetzt nicht mehr ab.

Die Kustodin wußte nicht, wo sie mit ihren Zeichnungen fortfahren sollte. Jetzt hatte sie nur noch das Bedürfnis, wüst zu kritzeln, immer weiter zu kritzeln. Am liebsten sämtliche Mauern Würzburgs voll, jedenfalls die hohen weißen Wände der Galerie TZ, nur um sich in einem Ausbruch von den unflätigen Schemen zu befreien. Aber waren es denn nicht einfach Zinne und Zwickel, Baluster und Volute, Zapfen, Fugen, Ringe, Wülste? Sie sah nur die andere Bedeutung. Alles Pornogramme. Zeichen, die ihr eine Richtung wiesen, wo flache Stufen noch tiefer abwärts führten als in der Residenz.

Die beiden glaubten wohl, man könne sich heute noch mit Schlaftabletten ins Jenseits befördern! Wahrscheinlich hatten sie bereits auf der Toilette eine Handvoll davon geschluckt. Die Kustodin nahm ein Kabel ihrer unfertigen High-End-Anlage und wickelte es um das rechte nackte Bein der schlafenden Iris. Sie wickelte es sehr fest und einschnürend um ihre balusterförmige Wade. Dann zog sie daran und schleifte die Orangene wie vorher die Baßbox der Anlage über das glatte Parkett und ebenfalls bis unter das sonnige Glasdach. Anschließend legte sie sich an ihre Stelle. Sie legte sich neben die Frau, die ihre kleine Freundin gespielt hatte. Dann schluckte sie ein paar Tabletten, um den Rest des Geburtstags hinter sich zu bringen. Bevor sie einschlief, krümmte sie sich, schob beide Hände zwischen die angezogenen Knie und legte ihre Stirn unter den warmen Atem der anderen.

Trias

Drei Seher in einem Alter, in dem sie die großen Visionen hinter sich hatten und die Hypochondrien der Mißgunst und Konkurrenz längst der Vergangenheit angehörten, rückten mit den Jahren zu einem einzigen Bewußtsein, einer tieferen Einheit ihrer Geister zusammen. Erfahrene Zeichendeuter, fanden sie nun Gemeinsamkeit auch im Nichtssehen, im Müßiggang und Zeitverschwenden. Sie saßen am Rande des Domplatzes auf drei eisernen Kaffeehausstühlen, wo sie in der rötlichen Ruhe des Abends früherer Weissagungen gedachten.

So hingen sie zusammen, vereinten ihre Stimmung und übten sich in Sympathie. Einander immer ähnlicher zu werden, war ihr Weg. Ununterscheidbarkeit zu erlangen ihr höchstes Ziel. Der einzelne sieht nicht sehr weit. Drei zusammen aber sind Gottes Wahl. Jeder für sich war einst ein beflissener Späher unter den Menschen, ein Deutungsartist, der im Alltagskrempel von Haus und Straße so ergiebig las wie seine Ahnen im Vogelflug. Keiner von ihnen war ein abgründiges Talent, keiner durfte je ein Erdschild verschiebendes Ereignis voraussagen. Inzwischen lasen und sammelten sie ihre Auspizien ohne heftiges Verkünden, sie glichen eher rostigen Loren, die im stillgelegten Untertagebau nicht aufhörten zu fördern und ihr kostbares Gut auf Halde kippten.

Zu dritt erbebten sie früh genug bei kleinsten unterirdischen Regungen, wie vor Zeiten jeder allein, und zusammen verfügten sie über eine stabile ausschauhaltende Kraft.

Auf anderen Stühlen saßen andere Menschen. Am Rande des Domplatzes beschauten die Seher einige schmale und sorgfältig essende Männer. Bei ihnen saßen Frauen, die wegen eines unguten Vorausgefühls keinen Bissen herunterbrachten. Im Hintergrund sahen sie ein schwerbepacktes Mädchen aus dem Gotteshaus treten. Drei rosarote Nylonsäcke hingen an ihr, zwei an den Handgelenken und einer über dem Rücken. Die Eselstouristin hatte ihre Last abgesetzt und sich zum Ausruhen hingestreckt auf eine Bank nahe dem Südportal. Ungeachtet der geschlossenen Mauern erblickten sie im Inneren des Doms eine Mutter mit ihrem halbwüchsigen Sohn und zuckten draußen auf ihren Stühlen zusammen, kurz bevor der Junge unter der Vierungskuppel einen Schreikrampf bekam. Das nackte Entsetzen, das ihn packte, hatte seine Erregungswellen vorausgeschickt, und sie sahen noch vor dem Schrei, wie er zu Boden fiel und sich verrenkte. Die Mutter umarmte ihn, preßte die Hand auf seinen Mund und rief in der Kirche laut um Hilfe. Der Kastellan-Mönch kam und verdrehte die Augen. Beide Hände staken, übergroß wie Maulwurfspfoten, unter dem Zingulum.

»Was hat er?«

»Er muß schreien«, sagte die Mutter. »Helfen Sie mir. Er kann sich nicht bewegen. Wir müssen ihn aus der Kirche schleifen.«

Wie nicht anders zu erwarten! dachten draußen die drei. Auch diese Reise von Mutter und Sohn findet ihr Ende in einem unseligen Zwischenfall. Irgendein Schrecken trifft doch immer die beiden, wenn sie einmal gemeinsam unterwegs sind.

»Ich wurde so prall, als müßte ich bersten«, berichtete der Junge später. »Die Fingerkuppen wurden so prall, die Augäpfel und die Hoden, alles Runde an mir wollte platzen. Ihr wißt nicht, wie furchtbar das ist. Ihr kennt das nicht. Alles Runde saugt sich blitzschnell voll mit Luft.«

Er zeigte seine Hände: die Fingerkuppen hingen rot und glansförmig, waren runzlig wie Datteln.

Immerhin, meinten die Seher, Furcht und Grauen wären weit schlimmer verbreitet, fänden sie nicht oft genug durch uns eine vorzeitige Ableitung. Indem wir heftig erzittern, gewähren wir anderen noch ein kleines Verweilen, lassen sie ihre Pausen und Ruheplätze genießen, wo sie einstweilen von der Fuchtel des Schreckens verschont bleiben. Denn es fallen Pausen und Plätze wie Brosamen vom malmenden Maul des Unglücks.

Aber solche Pausen waren der Trias inzwischen zur Lieblingszone ihres Spähens und Deutens geworden. Sie betrachteten sie wie kleine Lose, schmale Röllchen aus Packpapier, die, mit einem Gummiring verschlossen, auf Kindergeburtstagen einer Tombola oder dem schwarzen Hut entnommen werden. Und jedes Los gewinnt! Sie entrollten das Blättchen, und was darauf gekritzelt oder gestrichelt war, das legten sie günstig aus. Im Grunde war ihr Sehen ein bißchen pulend, ein bißchen stibitzig geworden, selten noch aus der Höhe und Ferne gegriffen. Es genügte ihnen, dem schlafenden Auge eines Mitbürgers rasch unters Lid zu schauen, um es gleich wieder zu schließen und den Kopf zu schütteln: sowenig stand ihm bevor.

Nicht viel anders würde es sich bei der Eselstouristin verhalten. Schlummernd lag sie und hingestreckt auf einer Domplatzbank. Doch Neugierige durchkreuzten ihre Sinnesfelder, traten ihnen dazwischen und beugten sich über das füllige Mädchen oder suchten am Gepäck nach ihrer Adresse. Es waren Gesichter graumelierter Frauen, kleinlich verzückte, mit dem schalen Lüster von Kirchentagsbesucherinnen.

Diese Menschen, bestätigten sich die Seher, sind nur noch als Menschheit interessant. Und nur als Menschheit steht ihnen ein schweres Schicksal bevor.

Zu genauerer Sicht schien es erst einmal nicht zu reichen, selbst als die Störung wieder vorüber war. Denn nun schwenkten ihre Gedanken ab und wurden unaufhaltsam in das Schwerefeld der ruhigen Schläferin gezogen. Sie kreisten viel zu nahe um den Frieden des beleibten Mädchens, um irgend etwas für sie voraussehen zu können. Allerdings entdeckten sie einen erstaunlichen Anteil an weiblicher Grausamkeit, der unterhalb ihres gutmütigen Schlummers in ihr schlief. Ihren bis dahin gefügigen Geist mußten sie nun mehrmals zur Ordnung rufen. Ein primitives Schnuppern (anstelle des inspirierten Witterns) hatte ihn in Unruhe versetzt. Er versagte den Gehorsam, er bockte und trat aus, ja, er suchte sich loszureißen aus seiner dreihaftigen Einheit. Ehe die Seher ihn noch zurückhalten und niederdrücken konnten, war er ihnen entwischt, war er aus ihnen hervorgetreten. Nun außerhalb, umhüllte er seine Sphäre notdürftig mit Ansicht und Gestalt. Sehr menschenähnlich war sie nicht, er trat nun als ein dreifüßiges Ungetüm auf. Ohne Balance und Schliff, gurgelnd und schmatzend tappte er wie ein Satyr mit beinlangem Zagel zwischen den drei Männern herum, denen er gemeinsam war. Er fror im ungeschützten Draußensein ganz erbärmlich. Seine Überempfindlichkeit gegen die rauhe Luft bereitete ihm sogar Schmerzen. Hin und wieder stieß er einen ähnlichen Schrei aus wie zuvor das Kind unter der Vierungskuppel.

»Du bekommst schon seit langem nichts mehr mit! Und schon seit langem bist du bequem geworden!« herrschten die drei Seher ihren aushäusigen Geist an und verspotteten ihn dafür, daß er beim ersten Schnappen von frischer Luft sogleich zum Tölpel geworden war.

»Nun geh deinen Weg, wenn du schon einmal außer Haus bist. Geh hin und studiere die Touristin. Kurzes braunes Haar, modischer Fransenschnitt. Streichle sie. Aber vorsichtig. Schleich dich bei ihr ein. Such das Geheimnis ihrer satten und schläfrigen Gegenwart zu ergründen. Dann kehrst du zurück, und wir wissen besser Bescheid über diese Art Gegenwart.«

Also schickten sie ihren Geist – organum divinum, das, einmal im Freien, sogleich einem Caliban ähnelte – zu der gutmütigen Schläferin. Dreifüßig schwankend näherte er sich ihr und weckte sie mit einem kräftigen Pusten auf ihre Wimpern. Da er sich aber ebenso ungelenk wie treuherzig benahm, gewann er alsbald die Zuneigung des arglosen Mädchens. Sie richtete nicht ihren ganzen Körper auf, sie mochte sich nicht mehr als unbedingt nötig rühren. Von Natur eine immer hingestreckte und schlummrige Person, begab sie sich eigentlich nur widerwillig auf Reisen, schleppte verdrossen »den ganzen Klump«, ihr Gepäck, mit sich. Aber, so meinte sie, man müsse schließlich jeden Tag seinen Horizont erweitern. Der tapsige Geist nickte und seufzte. Das rundliche Mädchen fand ein natürliches Gefallen an ihm, so daß sie nach weniger als einer Stunde übereinkamen, ein billiges Hotel in der Nähe des Doms aufzusuchen, um sich auf einem biegsamen Bett noch ein wenig besser kennenzulernen. Auch hier, obgleich entkleidet und zur Liebe bereit, veränderte sie im wesentlichen ihre angeborene Ruhelage nicht. Sie lagerte auf ihrer rechten Flanke, stützte den Kopf bei erhobenem Ellenbogen auf ihren Handteller und beobachtete mit Interesse die eigentümlichen Versuche ihres Liebhabers, sie zu erobern. Sie war sehr schwer zu bewegen. Doch einmal öffneten sich ihre Knie gerade so weit, daß der Geist Unterschlupf bei ihr finden konnte. Es gelang ihm also, sich einzuschleichen, wie es ihm aufgetragen war. Alles, womit der aushäusige Geist dabei in Berührung kam, nicht nur ihr üppiger Rücken, sondern vor allem ihre unergründliche Ruhe wurde ausgiebig erkundet, und am Ende hatte sich ihm das Mädchen tief eingeprägt. So kehrte er, eingeweiht in das Geheimnis der trägen Eselstouristin, zurück zu seinen schmächtigen Herrn. Sie saßen wie immer auf ihren Lieblingsstühlen am Rande des Domplatzes und ließen stumpf und unbesehen die Zeit verstreichen.

»Nun schaut einmal der reinen Gegenwart auf den Grund!« rief ihnen der heimtorkelnde Geist zu. Dieser Heimkehrer war nun aber nicht mehr ganz der ihre, er wollte sich nicht ohne weiteres wieder in den Drei-Seher-Verbund fügen. Er brummte und knurrte, denn er war nun liebeskrank und nicht einmal mehr zu einem mittleren Weitblick zu gebrauchen. Trotz seiner störrischen Ausfälle übertrug ihnen ihr Geist getreu alle Daten, die er von dem Mädchen erfaßt hatte. Die drei senkten ihre Köpfe, denn was ihnen da mitgeteilt wurde, ließ sie erbleichen. Sie prüften alles, was er ihnen wiedergab, skeptisch und sorgfältig, und es dauerte recht lange, bis sie die Köpfe wieder hoben und einander in die bestürzten Gesichter blickten.

»Diese Gegenwart«, flüsterten sie, »ist wie keine jemals zuvor! Alles in ihr ist wider das Enden eingerichtet. Ein Aufhören kennt sie nicht. Allenfalls Fermaten gibt es, Fermaten des Schocks vor allem. Sie halten die Tage an und erwecken den Eindruck von Zeitvergehen. Spürten wir eine späte, müde und überreife Zeit, so dürften wir uns ihr anvertrauen. Sie trüge uns mit sich, wir gingen zusammen zu Ende. So aber erhebt sich das Widerenden gegen uns, und das Unaufhörliche macht unsere Sehergabe überflüssig.«

Die Einsicht in eine Gegenwart, die von keiner anderen mehr abgelöst würde und sich ewig aus sich selbst erneuerte, mußte die drei von Grund auf erschüttern. Als wären mit einem Mal ihre Gesichter vom Licht der Zukunft abgeschnitten! Sie wagten nicht, sich die schaurige Entdeckung in ihrer ganzen Tragweite auszumalen. Statt wie üblich bei Einbruch der Dämmerung jeder für sich das eigene Zimmer aufzusuchen und sich für einige Stunden von der Dreiheit zu erholen, blieben sie in dieser Nacht beim Dom sitzen und rückten mit ihren Stühlen noch näher zusammen.

Schließlich übermannte sie die Müdigkeit, und der

Schlaf wandelte ihre unglücklichen Einsichten in tiefe kindliche Schluchzer.

Der dreifüßige Geist aber verließ sie in dieser Nacht ein zweites Mal, es zog ihn unwiderstehlich zu der Eselstouristin. Er war nun entschlossen, sich ganz an sie zu vergeben. Doch die Bank, auf der sie sich zuerst eingerichtet hatte mit ihrem prallen Gepäck, war leer, und nur ein abgerissener, schnell gekritzelter Zettel lag auf dem Sitz:

»Dear Spirit! Don't worry, I am off to the diamonds in the sky! Versuch nicht mich einzuholen. Ich reise aufwärts in den Raum, erst mal gen Saturn. Dann sehen wir weiter. Dear spirit! Thanks for your brilliant sperm. I am going to be a part of you.«

Die Seher, die gewöhnlich über Anfang und Ende eines Menschen sofort Bescheid wußten, auf Anhieb, darf man sagen, kaum daß sie ihn einmal scharf ins Auge faßten, sie zweifelten im Fall der Eselstouristin, daß so etwas wie Anfang oder Ende für sie überhaupt existierte.

Gegen Morgen kam nun ihr verwirrter Geist zurückgehumpelt, halb wahnsinnig vor Liebeskummer. Er kroch an seinen alten Platz, doch war er nur zum Schein wieder bei sich. Statt sich still zu grämen, schlug er jedesmal Alarm, sobald sich in den drei Seelen irgendein Lüstchen oder Träumchen regte. Dann wirbelte er in den Sehern dunklen Grund auf, so daß ihnen lauter Trübstoff vor den Augen tanzte. Ja, er setzte alles daran, sie endgültig aus der Welt des Schauens zu vertreiben – hinein in die Welt der skrupellosen Gegenwart.

Wenn wir schon stürzen, so ließ er sie denken, dann soll es der Sturz sein in eines Menschen runde Arme! Schluß mit den feigen Siegen der Unberührten! Nichts erkennt das argwöhnische Blinzeln, wertlos ist das Schauen der scheel Beiseitestehenden. Stürmen wir die Sparkasse, in der sich das Gold nichtgetauschter Küsse türmt als ein häßlich-gehässiger Schatz! ... Wer sind wir? Nur ein Lichthieb durch Nacht und Nichts. Ein aufflammendes Vorbei. Gönnen wir uns also das dreihaftige Niedersausen in die wohlbeleibte Hieroglyphe der reinen Gegenwart! Ein Glück, ein Schrei. Blitz einer Verschmelzung ... Ach, viel zu kurz, als daß uns etwas davon zu Bewußtsein käme!

Das Eine

Ein stellungsloser Bankkaufmann, der seine Tage damit zubrachte, sich via Internet an zahllosen Debatten zu beteiligen, hatte es sich zur Gewohnheit gemacht, jedes beliebige Problem, um das sich ein Chat drehte, mit einer knappen Wortmeldung für unerheblich zu erklären. Zu welcher Frage er auch Stellung bezog, welche Beiträge, Gedanken, Anregungen auch immer dazu eingingen, er drehte jede Angelegenheit in eine Richtung, die auf die Floskel »So what?« hinauslief. Na und? Was bringt's? Was soll's? Das, was hier beredet wird, ist im Grunde überflüssig, solange das Eine fehlt. Das, worauf alles ankommt. Worum sich alles dreht …

Ohne Zweifel war das Eine, das fehlte, für ihn der Arbeitsplatz, den er kurz nach seinem 31. Geburtstag verloren hatte. Aber das mochte er niemandem eingestehen, nicht einmal sich selbst. Nein, er war im Gegenteil fest davon überzeugt, daß das Eine, das allgemein außer acht blieb, etwas ganz anderes, nämlich ein weltformelhaftes, doch lösbares Geheimnis sei. Und er wünschte die ganze vernetzte Welt an seiner Schatzsuche zu beteiligen. Sein Chatname war Dixi, und viele antworteten ihm. Ein Klärchen zum Beispiel, kein Kind mehr, das nicht lockerließ und es haargenau wissen wollte, was denn das Eine wäre, das die vielen Fragen, die das Leben so mit sich bringt, vielleicht alle auf einmal, passepartouthaft, beantworten könne. »Sex vielleicht? (Was für?) Revolution? (Von oben? Von unten?) Erleuchtung? (Genauere Angaben erbeten: Gottheit, Sekte, Grad.)«

Darauf wiederum Dixi auf seine gewohnte Art: »Sex? So what. Was wir alle suchen, worauf alles ankommt, ist sehr einfach und konkret.«

»Dann sag's doch, alter Spinnox«, warf jemand ein, der sich Baßtuba nannte. Und Yassel und Yossel schrieben: »Du streunst wie ein Hund, der seinen Geruchssinn verloren hat, durch die staubfreien Gassen von Mentalopolis. Du kannst nicht mehr schnuppern, denn es gibt nichts mehr zu schnuppern. Aber du bildest dir ein, irgendwo in den Ausläufern der großen Stadt wartet schließlich doch noch ein Riesenfutternapf auf dich.«

Pater Chili schrieb: »Dixi, du weißt nicht mehr, was bitten ist in tiefster Not. Deine Abgebrühtheit stinkt zum Himmel. Das eine schreibt man klein.«

Wie intelligent sie alle waren und wie bissig oft, die Anonymen! Jeder zweite Chat trug ein Wortspiel bei zum universalen Calembourg, an dem sich offenbar die ganze Welt beteiligte.

Doch Dixi verstand die Verspielten letztlich nicht. Und so witzelten sie und koboldierten mit ihm herum, die aufgeräumten Pseudonyme und die vergagten Anonymen. Ein Antipetrus schrieb: »Dem Dixi fehlt das Eine. Dem Dixi fehlt Humor. Weißt du, was das heißt, wenn einem der Humor fehlt? Das ist, wie wenn man eine der Spektralfarben nicht sehen kann. Oder wie wenn der Körper ein lebenswichtiges Hormon nicht produziert.«

Was ihm fehlte, war also der Humor. Was noch? Blitzschnell flatterte seine individuelle Mängelliste über den inneren Bildschirm. Was ihm fehlte, waren unter anderem: Bildung, Musikalität, handwerkliches Geschick,

Frau und Kind, Menschenkenntnis, Jagdfieber, Glück im Spiel, Sportlichkeit. Die Liste war lang. Tatsächlich fehlte ihm nur eines nicht: die Kenntnis vom Geld. Er wußte, wie man sein Pfund am ertragreichsten wuchern ließ. Er wußte alles vom Wucher. Aber er selbst hatte kein Interesse daran. Geld? Wozu?

In der Mailbox fand er eine Nachricht seines Vaters, von dem er seit vielen Jahren, eigentlich seit der Scheidung der Eltern, nichts mehr gehört hatte. Er erinnerte sich, daß er in Südfrankreich lebte, beim Flugzeugbau tätig war, in der Firmenleitung irgendeines Zulieferbetriebs.

»Mein Junge«, hieß es in der Mail, »ich weiß, daß du Dixi bist. Ich habe dich an deinem Problem sofort erkannt.« Und dann fügte er hinzu, wie ein Insider, der sich offiziell nicht am Preisrätsel beteiligen darf: »Könnte es sein, daß ich das Eine bin, das dir fehlt?«

Der Bankkaufmann zögerte keinen Augenblick und antwortete ihm im selben Stil, in dem er gewöhnlich seine Chat-Beiträge abfaßte: »Der Vater fehlt, na und?«

Die Floskel hatte sich wie ein semantisches Virus in sein Herz geschlichen und verkapselte es gegen jede andere Stimmung als die höhere Gleichgültigkeit, das existentielle Schulterzucken. Gleichzeitig konnte er es nicht lassen, durchs Netz zu streifen und sich in beliebige Diskussionen einzumischen, um die Gewitzten mit dem Wesentlichen zu belästigen. Obgleich er es inzwischen schon als ein Leerspiel betrieb, gelang es ihm doch, die Geister, die das Viele und das Abwechslungsreiche argwöhnisch bewachen, von Mal zu Mal gegen sich aufzubringen. Denn es bestand ja kein Zweifel: Was allen fehlte, war tatsächlich das Eine.

Der Listenschließer

Er hieß der »Listenschließer«, weil er in nahezu jeder Kategorie, in der die Firma ihre Mitarbeiter wertete, den untersten Platz belegte. Nicht das »Schlußlicht«. Denn das Wort verletzte Persönlichkeitsrechte und durfte nicht verwendet werden. In keine Richtung strebte sein Ehrgeiz, eine besondere Begabung war ihm trotz vielfältiger Untersuchungen auf keinem Gebiet zu bescheinigen, weder in der Organisation noch in der Logistik, noch im Verkauf und schon gar nicht unter dem Rubrum »kollegiales Verhalten«. So etwas kommt an sich selten vor. Für irgend etwas ist doch jeder gut. Man hätte ihn feuern können, aber der Personalchef gab sich mit keinem Ergebnis zufrieden. Sie blieben alle vorläufig. Er hatte am Untersuchen einen Narren gefressen und dachte sich immer neue Beurteilungsverfahren aus, um irgend etwas Brauchbares an diesem Mann herauszufinden.

Solange diese Evaluierungen weitergingen und das Rätsel des Unbegabten nicht aufgeklärt war, zögerte die Firma verständlicherweise, ihn mit einer verantwortungsvollen Aufgabe zu betrauen. Dabei hätte vielleicht gerade die starke Anforderung seine verborgenen Befähigungen hervorgelockt. Nun, er hatte es zu ertragen, daß ihm jedesmal ein in seinen Augen besonders durchschnittlicher Kollege vorgezogen wurde.

»Natürlich!« rief er dann seinem PC-Nachbarn zu, »die Firma hat sich wieder einmal gegen mich entschieden. Den Wirrkopf Dirk schicken sie nach Japan, nicht mich.

Wer hätte sich nicht schon gegen mich entschieden?

Mein Vater bereits hat sich gegen mich entschieden, als er mich und einen unehelichen Sohn gleichzeitig zeugte, so daß meine Geburt und die Scheidung der Eltern auf denselben Tag fielen. Meine Mutter hat sich gegen mich entschieden, indem sie später einen reichen Immobilienmakler heiratete, der natürlich seinen Sohn, meinen Stiefbruder, nach Oxford zum Studieren schickte, nicht mich. Soll ich wirklich alle aufzählen, die sich im Laufe meines Lebens gegen mich entschieden haben, wenn es um eine klare Entscheidung ging?

Wenn ich sie alle aufzählte, vom ersten Kindermädchen, das sich gegen mich entschied, weil ich ihr zuviel brüllte, bis zu meiner letzten Frau, die sich gegen mich entschied, weil ihr plötzlich ein höheres Lebensziel, als ich es war, vorschwebte. Meine Tochter, die sich gegen mich entschied, indem sie meinen übelsten Prozeßgegner heiratete, was noch? ... Ach, die Liste würde niemals enden!

Mit einer Ausnahme, und diese hat mir der gestrige Abend beschert.

Ich war bei weitläufigen Verwandten zu Besuch, und weitläufig waren auch die Räume, in denen sie einen Empfang gaben. Lauter offene, ineinanderlaufende Zimmer, anstelle der Wände gab es nur Pfosten, Säulen und Stützen und so gut wie keine Möbel. Es war das Ganze ein einziger Durchgangsraum, aber Durchgang wohin? Das wußte niemand.

Sie trug einen schwarzen Pulli und einen dreiviertellangen plissierten Rock. Mit den ersten Blicken blieben wir aneinander hängen, und ich sah mich froh von ihr gesehen. Sie lächelte und erfreute sich an unserer Liebäugelei. Es wurde ringsherum viel gesprochen – und ich redete besonders auffällig und berücksichtigte sie mit jedem meiner Worte, so daß sie manchmal ausschließlich auf sie gemünzt waren. Denn ich hoffte sie ins Gespräch zu ziehen und endlich ihre Stimme zu hören. Sie mochte sich aber nicht beteiligen. Die dunklen Haare fielen glatt über ihr Schultern, das Gesicht war schmal, und ihr Mund glich einer aufgeplatzten Kirsche, einer reifen Frucht, die einen Spaltbreit offensteht. Dies wunderschöne Gesicht also zeigte offenkundig Interesse an jenem Mann, der hier bei euch der Listenschließer heißt und gegen den sich beinahe jeder entscheidet, kaum daß er irgendwo zur Wahl steht. Der Abend löste sich auf, doch war es mir nicht gelungen, ein einziges Wort mit ihr zu wechseln. Nachdem man sich allgemein verabschiedet hatte – und nicht jeder einzeln und gesondert –, trat ich zum Fenster und überdachte die wieder einmal gegen mich gefällte Entscheidung. Doch da spürte ich sie auf einmal in meinem Rücken. Oh, sie war tatsächlich zurückgekehrt, sie stand unmittelbar hinter mir. Unwillkürlich faßte ich, ohne mich umzudrehen, so nah stand sie an meinen Schultern, ich faßte rückwärts mit beiden Händen ihre Taille – es war eine etwas sonderbare Gebärde, die Gebärde eines ungläubig Verliebten, der nicht wagte, sich ohne weiteres umzudrehen. Der es vielmehr vorzog, das Unwahrscheinliche in seinem Rücken zunächst mit den Händen zu ertasten, bevor er sich der Gewalt des Anblicks aussetzte. Und so fragte ich, ohne mich ihrer vergewissert zu haben, aus dem Rücken heraus: Kann ich dich wiedersehen?

Nun, sie antwortete mir. Sie besaß also Stimme und Worte, und beide waren zart und rauh zugleich.

Das trägt es nicht, sagte sie. Doch ich hörte noch ein vorgefaßtes Ja verklingen in ihrem Nein. Sie lehnte sich an meinen Rücken, sie legte Hände und Schläfe an meine Schultern, und ihr Haar wärmte meinen Nacken. So standen wir eine Weile, und ich konnte mich nicht umdrehen. Ich dachte, jetzt geben wir das Bild für ein Paar, das sich schon lange kennt. Jetzt stehen wir da, vor diesem Fenster, als liege das Schönste und Schlimmste bereits hinter uns. Dann ging sie rasch davon.«

»Und wie ging es weiter?« fragte sein Kollege.

»Das war alles.«

»Ich glaube, du hast dich falsch verhalten. In so einem Fall muß man sich abrupt umdrehen und die Person an sich ziehen.«

»Natürlich, natürlich. Aber so ein starkes Bild, das zerstört man doch nicht, nur um mit jemandem eine kleine Geschichte zu haben.«

So war der Listenschließer. Es ging ihm das Ende im Anfang auf.

Die weise Mary

Frau und Doorman auf rotem Teppich. Im Schatten einer limettengrünen Straßen-Markise.

»Madam, Sie wissen, ich kenne die Nummer Ihrer Wohnung sehr genau. Darf ich Sie trotzdem fragen: welche Nummer hat bitte Ihre Wohnung?«

»Oh!« antwortete Mary, geniert wie ein seilhüpfendes Mädchen, das ein älterer Mann auf ein Loch in der Ringelsocke aufmerksam macht. »Oh! Da wird mal wieder Gedächtnis verlangt.«

Mehr sagte sie nicht, sie gab keine passende Antwort. Aber sie lächelte hinreißend, und der Doorman dachte, wie verdammt peinlich ist doch diese Prüferei einer so gescheiten jungen Frau. Von ihrer Schwester hatte er den Auftrag erhalten, Mary auf keinen Fall ausgehen zu lassen, bevor sie nicht seine Fragen-Schleuse passierte. Natürlich hätte er sie niemals mit Gewalt zurückgehalten, aber der ältere Herr mit lackierter Schirmmütze und im kakaofarbenen Dress erfreute sich ihrer Sympathie, und sie blieb gern eine Weile bei ihm stehen. Mary war keine Schönheit, eher was man sehr apart nennt. Sie hatte einen großen Kopf mit hohem Haaransatz und starken Backenknochen, etwas zuviel Schädel trat an ihr hervor. Unter all den jungen Frauen, die sich in diesem Apartmenthaus aufhielten, war sie zweifellos die wortgewandteste und phantasievollste, vor allem diejenige, die am geschicktesten über ihren Defekt hinwegtäuschen konnte.

»Welcher Religionsgemeinschaft gehören Sie an?« Auch so eine Passierfrage. Richtige Antwort: römisch-katholisch. Aber sie gab niemals die passende Antwort. »Oh, ich bin durch und durch religiös«, antwortete sie ein wenig beleidigt, wie ein Geschäftspartner, den man nach seinen Schulden aushorcht: Oh, ich bin durch und durch solvent.

»Madam, haben Sie bitte Ihren Führerschein dabei?« (Richtige Antwort: Ich besitze keinen.)

»Madam, wer bitte war Napoleon?« Dem Doorman fielen nur dumme Fragen ein, manchmal gar keine.

Hinter ihnen in der Marmorhalle des vierzehnstöckigen Gebäudes stiegen die hellen Lifte mit den Lehrmeistern auf und nieder, die die jungen Frauen behandelten, die rührigen und oft attraktiven Frauen, die so früh schon an Gedächtnisproblemen litten. Die schußligen Schönen, wie der Doorman sie nannte, wenn er mit einem Kollegen über sie sprach. Die meisten von ihnen besaßen eine tadellose Figur und konnten alles, was so eine Figur zu können verspricht, und doch wollte niemand sie haben, denn jeder Mann fand sich binnen kurzem mit einem anderen verwechselt.

Mary galt unter den schußligen Schönen als das weise Mädchen oder wurde sogar die weise Mary genannt. Vor nicht allzu langer Zeit wurde sie von einem zusätzlichen Übel geplagt, nämlich dem unwiderstehlichen Drang, bei jeder Gelegenheit einen Schwall unanständiger Worte von sich zu geben. Ein heftiges Lippenbeben ging jedem Anfall voraus, und anfangs versuchte sie den Mund so fest zusammenzukneifen, daß nichts herauskam. Aber dann überfiel sie der Dämon mitten im arglosen Reden, und sie wagte nicht mehr, das Wort an jemanden zu richten. Deshalb hatte sie einen stellungslosen Schauspieler engagiert, der sie auf Schritt und Tritt begleitete und einen größeren Vorrat geschliffener Sentenzen auswendig gelernt und immer parat hatte. Es waren von Mary selbstverfaßte Lebensweisheiten für jede Gelegenheit, mitunter auch rätselhafte Sprüche, die ihr Faktotum so endgültig aussprach, daß sie weder Nachfrage noch Antwort zuließen. Auch mußte er auf ihren Wink hin Geistesgegenwart beweisen, um den jeweils passenden Spruch zu wählen und ihn so ungezwungen an den Mann zu bringen, als sage er lediglich: Achtung, Ihr Mantel schleift auf dem Boden.

Eines Tages, als es heftig regnete, standen sie zusammen mit einem der dickhäutigsten und grobporigsten der Gedächtnistrainer unter dem Straßen-Vordach und hörten ihn fluchen: Verdammtes Sauwetter. Darauf kam es vom Schauspieler wie aus der Pistole geschossen: »Was die Sonne spaltet, nimmer fügt es der Mensch.«

»Die Sonne spaltet nicht, die Sonne verschmilzt. Wasserstoffprotonen zu Helium übrigens«, knurrte darauf der Besserwisser.

Der Schauspieler erwiderte, nun mit betulichen Worten, daß die weise Mary für alles, was sie mitzuteilen habe, mit Vorliebe dunkle Sätze verwende. Und daß sie ein abnormes Gedächtnis für unentschlüsselbare Poesie besitze.

»Aber jeder entschlüsselt sie im Handumdrehen!« sagte der respektlose Lehrmeister. Dann hob er Nasen- und Fußspitze gleichzeitig an und trat hinaus in den pladdernden Regen.

Da riß es Mary die Lippen auseinander, sie brüllte aus Leibeskräften hinter ihm her: »Jeder nicht! Nur so eine Arschgeige wie du!«

Von nun an sprach sie wieder selbst. Es war, als sei der Pfropfen aus einer wutschäumenden Flasche herausgeschossen. Sie hatte sich seitdem einigermaßen unter Kontrolle und beschränkte den Gebrauch von Schmutzworten auf das zur reinigenden Abfuhr nötige Maß.

Mary stand also neben dem Doorman auf rotem Sisalteppich, es war ein frühreifer Frühlingstag, und sie wußte nicht, wohin die Schritte lenken.

»Wenn ich nach links gehe – sehen Sie doch selbst einmal tiefer in die Straße hinein. Dort hinten laufen die Häuser von beiden Straßenseiten immer enger aufeinander zu. Wenn ich diese Straße bis zu Ende gehe, werde ich von zusammenrückenden Häusern zerquetscht.«

Dem Doorman war bekannt, daß es sich Mary mit dem Ausgang nie ganz leichtmachte.

Zumindest hatte sie jedesmal eine gewisse Schwellenangst zu überwinden und meinte, sie müsse heute einen grundsätzlich neuen Weg einschlagen, da sie den oftmals beschrittenen einfach nicht wiedererkannte.

»Wende ich mich aber nach rechts«, fuhr sie nun fort, »dann befindet sich dort der Regierungshauptplatz mit dem Hohen Amtssitz. Es ist ein sonnenförmiger Platz, ein Dutzend Straßen gehen wie Strahlen von ihm aus. Doch die Straßen sind ausnahmslos Sackgassen. Am Ende einer jeden stößt der Auswärtsstrebende auf eine Gartenmauer oder ein Garagentor. Doorman, stellen Sie sich vor: unsere Sonnenstrahlen wären ebenfalls Sackgassen! Sie gelangten gar nicht bis zu der stiernackigen Meereswoge. Gelangten gar nicht bis ins Herz des Menschen, wo sie chemisch am Aufbau von Güte beteiligt sind. Nein, stellen Sie sich vor, die Sonnenstrahlen führten alle in Sackgassen hinein! Und jeder einzelne der unzähligen Strahlen prallte gegen einen Sonnenstrahlenverschluß, einen finsteren Pfropfen.

Der Sonnenkönig selbst käme niemals heraus aus seinem prachtvollen Reich, weil ein Sackgassenfächer ihm jede freie Ausfahrt verwehrt. Ebenso müssen Sie sich die dicken Kapitalpfropfen vorstellen, welche die Kanäle der freien Handelsbeziehungen auf der Welt verstopfen. Weitgefächert, strahlenförmig, reich – aber total verstopft!«

»Das mag schon sein«, sagte der Doorman, aber er konnte oder wollte keinen wirklichen Einwand nachschicken. Er verfügte über eine ganze Reihe von einsilbigen Einwürfen oder Floskeln, die den Kontakt zu Mary, wenn sie in Fahrt kam, aufrechterhielten.

»Mit der Frage habe ich mich noch nicht beschäftigt«, war am häufigsten von ihm zu hören.

»Was aber, Doorman, wenn ich heute zur Abwechslung einmal geradeaus ginge?!«

Der Entschluß kam für den Wachmann kaum überraschend, er war jedesmal fällig, sobald die östliche wie die westliche Richtung abgekanzelt und ausgeschieden waren.

»Geradeaus, ohne nach rechts oder links zu starren, ohne Bedenken hinein in die Avenue des Lebens selbst. Der Name tut nichts zur Sache. Oder doch? An jeder Ecke ein Eiscafé, Kinder, Flaggen, Verkehrszeichen aus aller Herren Länder, Palmen, Ouvertüren, Faustkämpfe, Konfettischlachten, Hochzeiten in jedem Hauseingang, Backwarenparadiese, Tellerwäscher, die niemals aufwärts streben, deren einziger Ehrgeiz es ist, die Spülmaschine zu schlagen. Diskrete Gullys, die mit keinem Gluckser die Geheimnisse der Unterwelt verraten. Und in allen Autos Schlafwandler am Steuer: katzenpfötige Sicherheit. Sex aus heiterem Himmel. Nachmittagstee mit Meteorologen. Erhitzte Pantomimen ... Das Leben selbst. Und völlig unregiert!

Mittags um zwölf tritt der Neue Mensch aus dem Haus mit der Hausnummer 4 5 9 ...

(Bravo! dachte der Doorman, jetzt hat sie ihre Wohnungsnummer doch noch erwischt! ... Alles Gute braucht seine Umschweife.) Der Stille! Die Menge auf der Allee weicht respektvoll vor ihm zurück. Einige steigen verlegen zur Mittagsruhe auf ihr Lager. Der Stille aber, den niemand zu behelligen wagt, geht vollkommen in sich gekehrt auf der breiten leeren Fahrbahn, er schreitet in kosmischer Vereinzelung dahin. So darf man es wohl nennen. Mancher aus dem Bunten Leben lehnt sich noch aus dem Fenster und verfolgt seine mannhaften Schritte, bis er über die Sichtlinie davon ist.«

»Wo geht er denn hin?«

»Er geht hinüber.«

»Wenn es so ist, Madam, dann kann es doch keinen Zweifel geben, welche Richtung Sie einschlagen sollten.«

»Doorman, seien Sie nicht naiv. Betreten Sie erst einmal diese majestätische Avenue, dann hält sie nichts mehr auf und Sie gehen konsequent aus dieser Welt hinaus. Auf dieser Straße kann niemand auch nur einen

einzigen Schritt zurückkehren. Mit Ausnahme der Anwohner natürlich, die dort arglos im Kuriositätenkabi-
nett, in der bunten Scheinwelt ihrer Erlebnisse herumir-
ren. Aber Sie oder ich, wir müßten dort eisern voran, von
Café zu Café, von Gully zu Gully, von Sex zu Sex – unaufhaltsam führte der Weg auswärts und immer weiter
hinaus. Wollen Sie das?«

»Nein. So gesehen. Wiederum nicht.«

»Aber der Süden! Der Süden ist ganz anders. Dort wo
ich herkomme, hinter mir die Haustür: das Tor zum Süden! Ich kehre um, mit erleichtertem Herzen, ich gehe
ins Haus zurück, von wo ich aufgebrochen bin. Süd-
wärts ziehen die Gedanken … Sagen Sie schnell: unter
welcher Nummer bin ich dort zu finden?«

Epigonen

Ariadne war bekanntlich eine trinkfrohe junge Kreterin, die sich in den steifen athenischen Staatsheros Theseus verliebte, ihn mit Hilfe eines Wollknäuels aus dem Labyrinth des Minotaurus herausholte und einstweilen aus den Fängen von Politik und Geschäft befreite. Letztlich mit dem Ziel, im Rausch vereint mit ihm unterzugehen. Theseus genoß das Glück mit der ausschweifenden Ariadne und wollte sie in seine Heimat entführen, obgleich sie gewiß für den Geschmack Athens etwas zu zügellos und exzentrisch war. Mit anderen Worten: er wußte, auf wen er sich eingelassen hatte, bevor er sie mit sich nahm. Auf Naxos, wohin sie flohen, um ganz für sich zu sein, beschlich die Königstochter bald ein Gefühl unsterblicher Langeweile, da die Feste der Liebe, wenn es nichts anderes gibt als sie, nun einmal nicht beliebig zu steigern sind. Darüber wurde sie binnen kurzer Zeit von einer trinkfrohen zu einer trunksüchtigen Frau. Unvermeidlich schockierte sie ihren Liebhaber, er zeigte erste Anzeichen von Überdruß und Widerwillen.

Theseus umarmte nun bald eine korpulente, aufgeschwemmte junge Frau, deren Hingabe von immer lauteren und ordinäreren Rufen der Selbstanfeuerung begleitet wurde. Ihr Geist, der sich zusehends eintrübte und schwand, konnte schließlich den Helden und Liebesgefährten kaum noch von den Halluzinationen unterscheiden, die ihr der übermäßige Weingenuß eingab.

Die da vor ihm saß, so schien es dem nüchternen Athener, war an Leib und Seele dem wiederaufgewickelten Wollknäuel vergleichbar, das ihm einmal, ausgelegt und entrollt, das Leben gerettet hatte.

Theseus erkannte sich nicht mehr als Theseus in den Augen seiner Ariadne und ließ sie von einem Tag zum anderen auf der Insel allein. Dort gab es nun nur noch den Becher und sie. Dem Becher aber entstieg der Geist des Bechers, und der Geist wiederum ließ sich in Gestalt eines braunhäutigen, dickbäuchigen und glatzköpfigen Mannes vor ihr nieder, es war Bacchus, ihr rechtmäßiger Gemahl. Der Weingott, dem der Wein niemals zusetzte, hatte seit jeher seiner Frau in ihrem Rausch stumme Gesellschaft geleistet, ihr hilfsbereit den Tisch gerichtet und sie gestützt, wenn sie sich übergeben mußte. Nun starrte er sie an und sie ihn, allerdings mit schwimmendem Blick. Doch beide erkannten sich in ihrer dunklen, unauflöslichen Zugehörigkeit. Trotz allem, was geschehen war. Sie schwiegen die meiste Zeit. Ab und an gab Bacchus eine divine Zote zum besten. Er kicherte gern. Als Mann sexuell unergiebig, erfreute er sich vorzugsweise an koprophilen Scherzen und fand seine Befriedigung, wenn es ihm gelang, Ariadne ebenfalls über Schlechtriechendes zum Kichern zu bringen. Ihre Ehe schien ebenso verwahrlost wie unverwüstlich.

So jedenfalls erlebte es Vanessa Vanhomrigh in ihren einsamen Tagen, wenn sie sich plötzlich, nach dem sechsten Whisky am Nachmittag, in die alte Sage versetzt sah. Auch sie eine verlassene Geliebte, allein in ihrem irischen Garten, ebenfalls über die Jahre der Sehnsucht etwas hartleibig und korpulent geworden.

Mit zwanzig verführt, zur Liebe erweckt von ihrem angebeteten Scheusal, dem Dechanten Jonathan Swift, der dann ebenso viele Jahre darauf verwandte, sie mit Briefen zurück in den Schlaf zu lullen, wie andere eine Ehe führen.

Langsam sich weitend zur Falstaffin, ebenso töricht, ebenso gierig, hatte sie jede Hoffnung aufgegeben, daß Jonathan noch einmal in der geliebten Gestalt in ihrem Garten erschiene, mit ihr unter der Laube säße und am granitenen Tisch mit ihr tränke. Dafür hatte sie ihn säuberlich in fünf bis sechs streng voneinander unterschiedene Wesensarten seziert. Die Geister ein und desselben Geliebten verkehrten nun ausgiebig bei ihr, ersetzten den unerreichbaren und wohl auch kaum erträglichen ganzen Jonathan. Sie bildeten in Haus und Garten, zuweilen wie ein Falterschwarm sie umgebend, eine kleine unterhaltsame Gesellschaft.

Mit dem zärtlichen Swift konnte sie ein wenig kosen, mit dem boshaften hingegen durfte sie laut zetern und rechten, und dem geistreichen erlag sie knurrend, in trunkener Zufriedenheit. Aber auch dem abartigen wich sie nicht aus, der beim Anblick selbst der schönsten Frau zuerst an den schwarzen Kot dachte, den sie täglich abließ. Sie war nicht bereit, ihm diese manichäischen Phantasien durchgehen zu lassen. Sie würde ihn lehren, ihre Ausscheidung untrennbar von ihrer weiblichen Anmut zu achten!

Mit wenigen Sätzen hatte Gudrun Willfuhr die zentrale Blickrichtung ihrer geplanten Swift-Vanessa-Novelle festgelegt. Endlich besaß sie jetzt die nötige Freiheit über ihren Stoff und konnte damit beginnen, ihn zu einer abgründigen Geschichte auszuformen. Die Willfuhr gilt unter den deutschsprachigen Autorinnen der

Gegenwart als eine Sonderbare. Seit jeher der englischen Erzähltradition verpflichtet, verabscheute sie den amerikanischen Einfluß auf die neuere deutsche Literatur und zog es statt dessen vor, in ihren Novellen dem Unheimlichen und der Geisterwelt breiten Raum zu geben. Sie pflegte dabei ein Genre, das von vielen banalen Autoren geprägt, von anderen wie Elisabeth Bowen oder Algernoon Blackwood jedoch zu großer Kunst verfeinert worden war.

Nach dem Urteil ihrer Tochter war sie daher nichts als eine erbärmliche Epigonin.

Genau besehen, hatte sie ursprünglich aus keinem anderen Grund zu schreiben begonnen, als ihre Tochter Sabrina zu unterhalten. Sie suchte sie mit Erzählen abzulenken von einer schweren Erkrankung, die die Heranwachsende bald ein Jahr lang ans Bett fesselte. Fast unterderhand war dabei ein kleiner Roman entstanden, dessen Veröffentlichung der Autorin am Ende nicht nur literarische Beachtung, sondern auch einen ordentlichen Verkaufserfolg beschied, ein ebenso überraschender wie wohlverdienter Ausgleich für die sorgenreiche Zeit der Krankenpflege.

Mißbilligung ihrer Arbeit erfuhr sie erst, als Sabrina wegen des mangelhaften Literaturunterrichts in der Schule sich einem christlich geprägten Lesekreis anschloß. Die jungen Leser, die sich dort einfanden, waren jedoch nicht einfach engagiert im Sinne von wißbegierig oder begeisterungsfähig, im Gegenteil, sie verengten ihr Interesse nach dem Maßstab einer neuartigen, unter Jugendlichen sich rasch ausbreitenden »Lust am Heiligen Geist«. Manche spürten geradezu als Inquisitoren durch die Gegenwartsliteratur und konnten ihren Eifer kaum zügeln, in jeder Neuerscheinung die christlichen (meist eher: christlich auslegbaren) von den gnostisch verwerflichen Motiven zu sondern. Wie es das Rigorose, das Prinzipienstarre mit sich bringt, hatten sie schnell die Grenze zur Lächerlichkeit überschritten. Oder war es etwa nicht abgeschmackt und lächerlich, wenn sie, angeführt von der eigenen Tochter, ausgerechnet die harmlosen Geister-Geschichten der Gudrun Willfuhr zum Beispiel für neuheidnische Exzesse wählten?

Den offenen und halböffentlichen Verrat, den ihre Tochter an ihr übte, nahm die Mutter nicht nur ohne Einspruch hin, sie hörte sogar mit Ergebenheit jedes einzelne Argument ihrer Verurteilung und nahm es an. In Sorge um ihr Kind war sie bereit, ihren bisherigen künstlerischen Neigungen abzuschwören und bei ihrer künftigen Arbeit den neuen »Wertekanon« zu berücksichtigen. Sie machte sich daran, mit Lust und Erfindungsgeist einige Bibel-Gleichnisse und Episoden aus mittelalterlichen Epen in zeitgenössische Erzählungen zu kleiden. Allerdings ohne den erhofften Erfolg. Sie verfehlte mit ihren neuen Geschichten nicht nur das Interesse ihres Verlegers, sondern auch die Zustimmung des strengen Lesekreises, der von ihrer Tochter beherrscht wurde. Vor allem ihre Novelle »Raffael mit dem Hündchen« wurde schroff zurückgewiesen, als selbstverliebt und aussageneutral gebrandmarkt.

Eines Tages lernte Sabrina im Denk-Hof, beim Debattieren unter freiem Himmel, den Philosophen Nagoldt kennen, einen hageren, wiesligen Schnelldenker aus Halle, dessen zynischer Pessimismus das Publikum wie eine Abnormität, wie eine Jahrmarktssensation anzog. Sie verliebte sich über beide Ohren in ihn, und ohne Verzug wurde der Rigor der Frömmigkeit gegen den Rigor der Misanthropie und der Schmähsucht eingetauscht.

Mutters Erzählkunst war eben erst ins christliche Weltbild eingedrungen, als Tochter und Philosoph bereits auf sie einwirkten, ihr geradezu abverlangten, den Menschen fortan ekstatisch am Rande des Abgrunds zu schildern. Ihn mit den letzten Reserven seiner Geisteskräfte gegen die monströse Debilität des Zeitalters kämpfen zu lassen, und zwar vergebens.

Aber das versagten ihr die Grenzen ihres Talents. Nichts stimmt hier, dachte sie in einer ersten Regung von heftigem Unmut gegen ihre Tochter. Der Rigor, die schnell wechselnde Entschiedenheit kam ihr vor wie ein Aufputschmittel, mit dem sich diese jungen Menschen einen kurzfristigen und bedeutungslosen Gesinnungsrausch verschafften. Das hatte nichts mit der alten Leidenschaft und Unbeständigkeit des Geistes zu tun, es ging nur um Abhängigkeit, nur um den Konsum eines schnell wirksamen Stoffs, wobei man sich eben feste Überzeugungen schoß anstelle von Morphinderivaten.

Unverkennbar war der Hallenser Philosoph ein Swift-Nachfahre, ein Swift-Epigone. Bis in seine Vorliebe für skatologische Betrachtungen und Vergleiche. Allerdings besaß er anders als sein Ahne nicht die geringste dichterische Begabung. Dafür suchte er die Willfuhr auf seine Bahn zu lenken, sie sollte seine belletristische Filiale sein. Ein wortgewandter Mann, wenngleich niemals wortgewaltig wie sein Prototyp. Ein Mann mit spitzen Knien und hastigen Augen, sexuell unergiebig, wie weibliche Witterung es sofort hätte merken können, sofern sie nicht, wie bei Sabrina der Fall, von anderen kleinen Besessenheiten abgelenkt wurde.

Sabrina umarmte einen Weltverächter, und dieser Akt verdankte sich kaum irgendwelchen äußerlichen Reizen, sondern im wesentlichen der Selbstanfeuerung oder Autostimulation.

Für Gudrun Willfuhr war der zungenschnelle Mensch ein durch und durch künstliches Männlein. Der Geist läßt sich bekanntlich schon seit ewigen Zeiten klonen. Ein bißchen Neugier und Bedürfnis einmal vorausgesetzt, konnte jeder hingehen und sich am Energievorrat, den die großen Genies hinterließen, ausgiebig bedienen, er konnte sich damit aufladen wie eine leere Batterie. Denn so ist es doch, sagte sich die Autorin erfolgreicher Spukgeschichten, das Geistesleben beherrschen letztlich auch die Geister. Da gibt es ein paar Dutzend mächtige Prototypen, nach denen sich über die Zeiten hin ähnliche Talente bilden, so daß der Typus sich in seinen Nachgeburten ständig fortsetzen und lebendig bleiben kann. Und nur in diesen variierten Nachgeburten, im Wortsinn: Epigonen, verbreitet sich die Vielfalt der Künste und der Lebensformen. Wie sollte es sich auch anders verhalten? Gudrun Willfuhr saß wie die irische Vanessa in ihrem Garten, allein gelassen, wenn auch ohne Laube, ohne schützendes Hainbuchen-Blattwerk mit den Zeisigen über dem Kopf. Auch sie unterhielt sich mit kräftigen Getränken und begann schon korpulent zu werden. Außerdem schrieb sie wie Vanessa unablässig Briefe, zwar nicht an den Dechanten, jedoch an die verlorene Tochter in Halle.

Noch einmal also: Briefe! Briefe in eiliger Handschrift, unruhige Zeilen wie Schatten, von flüchtigen Wolken über die Landschaft geworfen. Der Angesprochenen hätte sie das meiste nicht Aug in Auge mitzuteilen gewagt. Sie schrieb, was sich schwer sagen ließ. Die Blätter häuften sich und rutschten schon vom Tisch, als der Ton der Bitternis, der sich ihr eingeschlichen hatte, immer vordringlicher und selbstgefälliger wurde, sich nachgerade zum Stil verfestigte, der sie mehr beherrschte als sie ihn. Sie schrieb von »der wilden Beleidigung, die das Leben einem Menschen entgegenschleudert, der sich ihm so warmherzig geöffnet hat wie ich«. Sie schrieb es mit einem Ingrimm, als ob das Schwarze von Swift, in das nun ihre Tochter eingetaucht war, überflösse in die Seele der von ihr abhängigen Mutter.

Und ganz umsonst, ohne jede Hoffnung auf Antwort, rief sie inmitten ihrer Zeilen: »Wer schenkt eigentlich uns, den einst hilfreichen Ariadnen, am Ende das rettende Knäuel, das uns herausführt aus dem Labyrinth der Schrift und der ewigen Trauer?«

Die Zahlen

»Es wird mir zu eng!« sagte der Rohrleger Zerner, »es wird zu eng in der Wohnung, wenn deine Freundin uns besucht. Wir kommen zu dritt kaum aneinander vorbei auf den zweiundvierzig Quadratmetern.« Größer war die Anderthalb-Zimmer-Wohnung in der Schöneberger Martin-Luther-Straße nicht. Man hätte sich längst verändern können, aber es sollte gespart werden. Und die Freundin würde auf der Couch vor dem Fernseher schlafen. Was, wenn sie früher schlafen ging als er, falls er noch die Sportschau sehen wollte? »Es wird mir zu eng.«

Seine Frau erwiderte: »Ich habe in Kempten drei Wochen in ihrer kleinen Wohnung wohnen dürfen, umsonst, bei großer Gastfreundschaft alles in allem. Ich bin es ihr einfach schuldig.«

Roswitha kam also, blieb aber nur fünf Tage, die sie allerdings von früh bis spät in der Wohnung verbrachte. Sie ging nicht ein einziges Mal aus. Sie fühlte sich nicht danach. Sie wollte nur ganz eng mit ihren Freunden sein. Diese fünf Tage wurden, wie vorausgesehen, für Zerner und auch für seine Frau Renate eine harte Belastung. Denn Roswitha tat nichts, redete kaum, war zu keiner Unternehmung zu bewegen. So erreichte sie ihr Ziel, ganz eng mit den beiden zu sein.

Zerner sagte zu seiner Frau nach dem dritten Tag: »Morgen schmeiße ich sie raus. Sie ist mir mehr als nur im Weg. Sie drückt mir auf die Seele. Morgens vor der Arbeit, wenn es dringend ist, sitzt sie auf dem Klo. Mittags, wenn ich zum Essen komme, verleidet sie mir mit ihrer Appetitlosgkeit, ihrem lustlosen Stochern in den Speisen, die Mahlzeit. Wenn du vor jemandem sitzt, der das, was du gerne ißt, derart verachtet und angewidert von sich schiebt ... Nein! Das geht zu weit. Abends, wenn ich heimkomme, sitzt sie auf meiner Couch, sieht Programme, die ich niemals sehe, und hat gerade das letzte kaltgestellte Bier getrunken. Dazu noch ist sie ein hochgestochenes Mensch. Man hat das Gefühl, selbst wenn sie schweigt, fährt sie einem über den Mund.«

»Sie ist krank!« rief Renate laut und wies ihn mit dem einem Wort zurück.

»Aber warum ausgerechnet in meiner Wohnung? Sie kommt zu Besuch und breitet sich krankheitshalber in meiner kleinen Wohnung aus. Das ist rücksichtslos. Die Birne im Lampenschirm geht kaputt, sie läßt es, wie es ist. Der Kleiderhaken unter ihrem schweren Wintermantel bricht ab. Sie läßt es, wie es ist. Du auch. Bist du auch krank?«

»Ich bin glücklich, daß ich ihr die schönen Tage in Berlin noch bieten kann.«

»Sie setzt ja keinen Schritt vor die Tür.«

»Das ist auch gar nicht nötig. Sie fühlt sich bei uns mehr zu Hause als bei sich in Kempten.«

Am Vorabend ihrer Abreise, es war der vierte Tag, weigerte sich Roswitha, die übliche Partie Rommé zu spielen, und wollte auch kein Fernsehen. »Ich möchte nur noch einmal ganz eng mit euch sein. Es ist ja das letzte Mal«, sagte sie.

Zerner kramte den Lottoschein aus der Schublade, den er am nächsten Tag abgeben mußte.

Er kreuzte drei Kästchen an, da kam ein Anruf, und er

hatte für die nächsten Minuten ein ärgerliches Telefonat zu führen. Roswitha bemächtigte sich unauffällig des Scheins und kreuzte die fehlenden drei Zahlen an. Als Zerner mit hochrotem Kopf vom Telefon zurückkehrte, nahm er in Gedanken den ausgefüllten Schein und steckte ihn in seine Brieftasche.

In der Woche nach ihrer Abreise fand er beinahe jeden Tag irgendwo eine geringe Spur von ihr, die er sofort beseitigte. Dann kam der Lottogewinn. Er machte ihn zwar nicht mit einem Schlag zum Millionär, erhöhte aber seine ohnehin beträchtlichen Rücklagen um immerhin 7936,85 Euro.

Die Summe, die er gewann, war identisch mit den Zahlen, die gewonnen hatten!

Er betrachtete das beispiellose Ziffernwunder, und es wurde ihm fast schwarz vor Augen. Seine ungläubigen Blicke hoben sich von den Zahlen, streiften über die Wände seiner engen Wohnung und blieben schließlich auf einer weißen Taube stehen, die sich draußen auf dem Fensterblech niedergelassen hatte. Seine Frau schien weit weniger als er vom Wunderbaren verwirrt. Sie nahm der Taube ein weißes Band aus dem Schnabel, auf dem noch einmal die Gewinnzahlen liebevoll mit rotem, grünem und blauem Garn gestickt waren. Auf der Rückseite aber stand: Es gratuliert Euer Engel Roswitha.

Seine Frau hatte sofort eine düstere Ahnung befallen. Daher konnte sie vom Wunder nicht berührt werden. Roswitha war in Kempten aus dem neunten Stock der Versandhaus-Zentrale gesprungen, direkt von ihrem Arbeitsplatz in die Tiefe.

Messer und Gabel

Ja, als er noch jeden Morgen die Treppe hinaufstieg zu seiner Studie, zu seiner großen Arbeit, zu den Blicken ins Weite, die das leise Scharren seiner Handschrift unterbrachen, ein Geräusch und ein Wirken, das dem der Mäuse nicht unähnlich war, die über ihm im Gebälk das Winterfutter zusammenkratzten ...

Aber jetzt – jetzt studierte er nur noch die schlechten Eßmanieren seiner Geliebten. Wie sie beide Unterarme abstützte, die bis zu den Ellbogen über die Tischkante ragten. Wie sie sich tief zum Teller beugte, daß bald der Busen mitaß. Wie sie einen Knorpel aus den Zähnen pulte, wie sie das Messer gegen ihn streckte, um mit kauendem Mund das Wort »anstacheln« zu untermalen. Er stellte fest, daß er all ihre Unarten genauso schon bei anderen Menschen beobachtet hatte. Denn auch schlechte Manieren sind Manieren, genormt und vorgegeben. Man kann keine schlechten Eßmanieren erfinden. Der Unterschied zu den guten besteht vor allem darin, es sich bequem zu machen beim Speisen, sich breit aufzustützen oder anzulehnen. Die Maßregeln bei Tisch kommen nicht vom Hof, sondern aus unserem pietistischen Herzen. Ehrfurcht vor dem täglichen Brot.

Sicher, Menschen, selbst die frömmsten, die hart auf dem Feld gearbeitet haben, die schwere Arbeit tun, ruhen sich schon bei Tisch ein wenig aus. Zu ihnen aber gehörte seine Geliebte nicht. Ihre schlechten Eßsitten waren eine Gewohnheit von klein auf, wahrscheinlich von den Eltern übernommen oder still geduldet. Aber eine wirkliche Geliebte sollte gerade sitzen bei Tisch und die Arme nicht über das Handgelenk hinaus auf die Kante setzen. Die meisten Frauen machen das ganz von selbst. Man legt das Besteck nicht aus der Hand, bevor der Teller leer gegessen ist!

Die Linie bewahren, dachte er, solange es geht. Figur zeigen, solange noch eine vorhanden. Später dann gekrümmt, später bekleckert, kommt früh genug. Die Zähne der Geliebten waren nichts als eine Vorschau auf ihr Skelett.

Nun lehnte sie sich bis zum Nabel über den Tisch, und er mußte ihre unabgetupften Lippen küssen. In diesem Moment dachte er: Eigentlich fehlt nur eine einzige große Abhandlung, und die sollte der Kritik der Apathie gewidmet sein. Spürte nicht jedermann, wie Strich um Strich sein Fühlen und sein Mitfühlen sank, sich verringerte? Wie Blutnachrichten am laufenden Band, wie Gewalt und Unmenschlichkeit, an denen man unentwegt beteiligt wurde, ihn schließlich völlig teilnahmslos zurückließen? Alles geht dich an, schreit es ihm aus den entferntesten Winkeln der Erde entgegen. Denn Elend ist alles, was wir haben, und täglich kündigt sich schlimmeres an! Da möchte ein Mensch, um er selbst zu bleiben, am liebsten gar nichts mehr empfinden! Ein fühlloses Monster – das wäre dann der gerettete Mensch. Verbraucht, überreizt, abgetötet, ausgelöscht.

Nur die Eßmanieren seiner Geliebten beschäftigten ihn noch.

Er betrachtete die hübsche Hochgewachsene, die kurze Hosen trug und ein knallrotes Top, die Gertenschlanke mit dem Pferdeschwanz, und er sagte sich, ich werde mich niemals in sie verlieren. Nichts führt mich hinter ihre Figur. Meiner Phantasie gewährt sie keinen Einlaß. Meine Blicke verwickeln mich nicht mehr in das Erblickte. So wie umgekehrt sie es nicht wagen würde, in meinen Nebel einzutreten. Dort hilflos zu tasten und dunklen rohen Klumpen auszuweichen, die hin und wieder auftauchen und Menschen sein könnten, in Wahrheit aber riesigen Embryonen gleichen, kummervollen, deren Leid noch nicht ausdifferenziert ist.

Auf dem Heimweg begegneten sie im Park einem jungen Paar, das auf dem Hang eines Hügels Liebe spielte. Das Mädchen im gepunkteten Sommerkleid lag auf dem Rücken im Gras, streckte Arme und Beine flach auf dem Boden aus, und der Junge drückte wie ein Bock seine Schädeldecke in ihren Schoß. Seine kleine Freundin lachte wie eine erfahrene Frau und schob seinen Kopf beiseite. Doch der Kopf rutschte zurück und wühlte wieder in ihrem Schoß. Waren das *dalbernde* junge Verliebte? Sagte man früher nicht so? Oder waren sie nicht sogar von früher herausgewachsen aus dem grünen Boden? Oder war das bloß nachgestellt, was sie da trieben? War nicht alle Lust bloß nachgestellt, wie man ein Verbrechen nachstellt für die Beweisaufnahme vor Gericht?

Er streifte mit den Fingerspitzen das gestraffte Schläfenhaar seiner Begleiterin, sie legte im Ranken-Reflex ihren Arm um seine Hüfte. Wie grausam das ist, dachte er.

Rings um mich geht alles zu. Ein Buch, ein Haus, ein Mensch nach dem anderen verschließen sich mir. Ein Tor nach dem anderen fällt ins Schloß.

Die Hemmung

Die Frau meines ärgsten Feinds könnte ebensogut die meine sein. Als ich vor kurzem zum ersten Mal neben ihr stand, samstags früh in einem kleinen Blumenladen, war dies mein spontaner Befund und meine feste Überzeugung. Sie stellte mit der Floristin ein Lilien- und-Gerbera-Gebinde zusammen, das zur Matinee ihres Mannes, zu Ehren seines fünfzigsten Geburtstags, in die Akademie geschickt und ihm dort vom Präsidenten zu Füßen gelegt werden sollte. Wir waren uns zuvor nie begegnet. In ihrer unmittelbaren Nähe, kaum eine Armlänge von ihrer üppigen Rothaarmähne entfernt, entdeckte ich die labile Frage der Zugehörigkeit. Ich stellte mir eine Art Drehkreuz in ihrem Herzen vor, bei dem nur eine halbe Drehung genügte, um den Ausschluß des einen und den Zugang des anderen zu ermöglichen. Um den Verhaßten, der ich ihr sein mußte, an die Stelle des Geliebten treten zu lassen.

Es bestand für mich kein Zweifel, daß sie an der Seite meines schäbigen Gegners auch in die üblen Schmähungen einstimmte, die dieser bei jeder Gelegenheit gegen mich abließ.

Ja, mehr noch: sie war die Gattin und besaß wahrscheinlich den Ehrgeiz, ihn bei seinen Verunglimpfungen meiner Person noch zu übertreffen.

Daß sie mich nicht erkannte, so wie ich sie noch vor dem ersten Anblick identifiziert hatte, mit der empfindlichsten Witterung, die man nur für seine Feinde besitzt, erleichterte es mir, die folgenden wechselhaften

154

Minuten ganz für mich alleine auszukosten und die Eventualitäten, die sie mit sich brachten, ungestört zu prüfen.

Gerade daß sie, Seite an Seite mit mir, nicht von der geringsten Ahnung berührt wurde, bestätigte mir die Grobheit und Dickfelligkeit, mit der in ihrem Hause, künstlerisch wie atmosphärisch, über alle feineren Strömungen, die unter Menschen möglich sind, hinweggegangen wurde. Dennoch, sie selbst war nicht meine Feindin. Einen genuinen Haß gegen mich konnte es nicht geben, denn der hätte jetzt Instinkt bewiesen und mich aufgespürt.

Als ich nun den trugbildschönen Körper neben mir heimlich prüfte, mußte ich mir eingestehen: wenn *ich* ihr zuerst begegnet wäre, dann hätte ich nicht anders als mein Verleumder gehandelt. Ich hätte wie er alles darangesetzt, dies kupferrote Phantom einzufangen und zum Leben zu verführen. Zum Leben mit mir. Ich bin sicher, sie hätte dann ebenso selbstverständlich und letztlich ungerührt meine Verachtung für jenen Mann geteilt, der nun der ihre war. Seine einzige Auszeichnung bestand in meinen Augen darin, diese verwegene Schönheit erobert zu haben und ihrer Leidenschaft offenbar auf Dauer zu genügen. Denn – auch das mußte ich mir eingestehen – ich konnte keine Spuren von sexuellem Mißmut oder Duldertum an ihr entdecken.

Es war nach einer Woche sengender Hitze der erste Regen gefallen, nur Sprühregen zunächst, und von den heißen Straßen stieg feuchter Rauch.

»Dampfbad/ Tropenschwüle/ keine Mücke fliegt.«

Mit diesen Worten wandte sich die Frau meines Feinds an die Floristin hinter der Ladentheke, und es waren schlecht gewählte Worte. Ihr Staccato klang unverkennbar nach dem jämmerlichen, neoexpressionistischen Gestammel, das der Erfolgskünstler, der Liebling aller Subversivliteraten, zu seinem Markenzeichen gemacht hatte. So, genau so sprach man allgemein im feindlichen Lager! Ohne Vorsicht, ohne Legato, ohne Geist. Immer kess und platt. Ich hörte in ihrem lachhaften »Dampfbad«-Sätzchen dieselbe spitze Zunge, die mich auf unzähligen Veranstaltungen, Gesinnungsdeklamationen im Rundfunk wie an geselligen Abenden dem billigsten Gespött preisgegeben hatte. Ohne mir eine falsche Bedeutung beimessen zu wollen, darf ich doch einfügen, daß ich es bin, der unfreiwillig diesem intellektuellen Sittenstrolch, dessen Typus sich längst überholt hat, zu einer unverdienten Fristverlängerung verhalf. Es ist nämlich allein sein Haß auf mich, der diesen literarisch Moribunden künstlich am Leben hält.

Wieviel trug ich zu seiner Haltung bei, die ohne mich ihr eigenes Profil vergeblich gesucht hätte! Und insofern überlebte auch seine schöne Frau, jetzt dicht neben mir, solange sie seine Meinung teilte, allein von Gnaden meiner Widersacherexistenz.

Aber, wie merkwürdig, im selben Augenblick, da ich ihre banale Bemerkung hörte – und darin das abgeschmackte Gesäusel, das einige Kritiker von der »Glorie der Alltäglichkeit« schwärmen ließ, wenn sie diesen nichtswürdigen Mann in den Himmel hoben –, in demselben Augenblick nämlich verfiel in meinen Augen die üppige Gestalt neben mir so schlagartig, wie nur im

Märchen Zaubersprüche aus einem drallen Bauernmädchen eine verschrumpelte Greisin machen. Auf einmal erschien mir ihre Schönheit etwas abgetakelt, ihre physische Wirkung schwülstig, ihre Figur nicht mehr erhaben, sondern einfach nur breit.

Ich hatte kurz nach der Rothaarigen den Laden betreten, um für meine Haushälterin einen Geburtstagsstrauß zu bestellen. Da ich die Gefährtin meines Erzverleumders auf Anhieb erkannte, zögerte ich für den Bruchteil der Sekunde, ob ich nicht schnell zurücktreten und ein anderes Blumengeschäft aufsuchen sollte. Doch mein Blick hatte sich sofort, vor Schreck und Befremden mehr als vor Lüsternheit, auf ihre Beine geheftet, die ich, als stünden sie allein auf der Welt, ausgiebig betrachtete und den schwellenden Pfosten eines eichenen Treppengeländers verglich. Sie trug ein buntgetupftes Sommerkleid aus dünnem Baumwollstoff, die Taille war von einem geflochtenen Gürtel gefaßt, das Kleid spannte über ihrem beim häufigen Standbein-Spielbein-Wechsel auf- und absteigenden Gesäß. Doch auch dieses am meisten fleischgewordene Teil ihrer Erscheinung, das zudem ausgesprochen fleischeslustig wirkte, konnte meine Ernüchterung nicht aufhalten und fiel ebenfalls meinen abschätzigen Blicken zum Opfer, kaum daß ich ihre ersten Worte hörte.

Der zweite Satz aber, den sie Sekunden später hinzufügte, wendete die Stimmung wieder. Er ließ meinen Atem stocken, denn er war geeignet, eine Schicksalskehre in unser beider Leben herbeizuführen. Der Satz rechnete mit meiner Schlagfertigkeit, er wurde in Er-

wartung einer prompten Erwiderung, Zufügung, Bei-
stimmung gesprochen und war ganz auf mich aus-
gerichtet. Ich stand jedoch im Bann einer drohenden
Lebensveränderung wie gelähmt, zur Schlagfertigkeit
vollkommen außerstande. Das lose Drehkreuz in ihrem
Herzen! In diesem Augenblick, mit nur einem leicht an-
tippenden Finger, hätte ich es in Bewegung setzen und
den spektakulären Austausch im Nu herbeiführen können! Den Umsturz einer Zugehörigkeit – und den Sturz
eines poetischen Regimes!

Was sie, zur Blumenbinderin gewandt, mit dem
»Dampfbad« begonnen hatte, setzte sie nun fort, indem
sie ihr feuchtes Kleid an den Rändern des Ausschnitts
von der Haut hob, sich vom Kinn bis zur Hüfte zu mir
drehte, um den folgenden Satz, ja, wie soll ich sagen,
mir darzubieten? Oder mir hinzuwerfen? Mir, den sie
von Ansehen her nicht kannte, über dessen Stellung zu
ihrem Haus sie nicht den leisesten Verdacht hegte.
   »Das Wasser läuft einem ja in Strömen den ganzen
Leib herunter.«

Ein Legato in vollendeter Phrasierung. Jedoch auch
diesmal war es eine sprachliche Nuance, ein nicht ganz
richtig gewähltes Wort, das mich stutzig machte, wenn
auch der ganze Ausspruch und sein Klang mich verwirr-
ten und aus meiner Ernüchterung zurückholten.
   Hätte sie doch nur »läuft mir« statt des entsetzlichen
»läuft einem« gesagt! Hätte sie doch zu mir hin nicht
wie lediglich zu einer anderen Verkäuferin gesprochen,
mich als Mann gar nicht beachtend, mich geradezu in
eine eunuchisierende Vertraulichkeit ziehend. Hätte sie

den Satz nur um einen Hauch verfänglicher gesprochen, ich glaube, ich wäre im selben Augenblick mit all
meinen Sinnen in die Bäche von geruchlosem Schweiß
getaucht, die ihr vom Hals über die Brüste zum Bauch
hinabflossen.

Aber wahrscheinlich hatte sie mit Absicht das ge-
schlechtslose »einem« verwendet, um mir die Vorlage
zu einer korrigierenden Erwiderung zu bieten, einer
leicht anzüglichen notwendigerweise. Doch wie schwer
wäre sie mir in dieser verwickelten Minute gefallen! Woher hätte ich jetzt die leichten Worte nehmen sollen,
um sie auf den eigenständig männlichen Teil meiner
Anwesenheit aufmerksam zu machen? Auf jemanden
schließlich, der für einen schweißgebadeten Frauenkör-
per in seiner unmittelbaren Nähe etwas mehr erübrigt
als nur ein artiges Mitempfinden? Nun spürte ich immer deutlicher das Erwartungsvolle ihrer salopp hinge-
worfenen Bemerkung. Einer verfänglichen Bemerkung,
die sie mit einem schiefen Bezugswort einerseits abge-
fälscht, andererseits noch provozierender gefaßt hatte.
Ich spürte also, wie wichtig, wie dringend es ihr war,
daß ich ihre Stilfalle (war das noch die Sprache des
Feinds?) nicht einfach überging, und wie sehr sie danach verlangte, *jetzt und von mir* andere Worte, endlich
anders gewendete Worte zu hören, um dann, wie erlöst,
sich ihnen anzuschließen, sich ihnen hinzugeben und
ebenso zu antworten, ohne jeden Vorbehalt in einen
geschmeidigen Wortwechsel einzutreten und ihre endgültige Befreiung vom Neoexpressionismus zu voll-
ziehen.

Abgesehen von der erwähnten Hemmung, in die mich das Vorgefühl einer Schicksalskehre versetzte, lähmte mich auch der Gedanke, daß ich mich mit dem ersten ausgesprochenen Wort verraten könnte und sie sofort wüßte, wer da neben ihr stand. Seltsamerweise kam mir erst jetzt der Verdacht, daß sie meine Stimme schon einmal gehört haben könnte. In ihrem von Feindschaft zu mir beseelten und in diesem Punkt besonders hellhörigen Haus war es sogar wahrscheinlich, daß man meine Stimme kannte, genau wußte, wie ich sprach, ja sogar stets darauf gefaßt war, mich plötzlich irgendwo sprechen zu hören ...!

Ich hätte es also mit meinem erstverlauteten Wort fertigbringen müssen, die feindschaftlichen Gefühle, die zweifellos in ihren überraschten Augen aufgeflammt wären, mit dem freundlich-anzüglichen Sinn desselben Wortes wieder abzuwiegeln. Mehr noch: Ich hätte mich ihr mit dem ersten und selben Wort als langjähriger Gegner ihres Mannes erst entdecken und im selben Moment sie rücksichtslos von diesem abspalten, für mich gewinnen müssen. Ein Nacheinander war unmöglich.

Dies, die gegensätzlichste Wirkung in einem Atemzug zu erzielen, ohne dabei in ein Zögern zu geraten, traute ich keinem meiner Worte zu. Schon gar nicht, solange mein Herz auf dem Wellenkamm der Unentschiedenheit derart schwankte.

Ich gebe zu, wäre ich im voraus meines Siegs sicher gewesen – und nur eine Nuance mehr an Verlockung hätte genügt, um es mir einzubilden –, dann hätten mich Bedenken nicht aufgehalten, sie und keine andere, im Handstreich hätte ich sie übernommen. Ich konnte es an jeder Bewegung ihres Körpers unter dem durchnäßten Baumwollstoff erahnen, zu welchem Glück, ja, zu welcher Gesundheit in der Liebe diese Frau befähigt war. Ich wußte schon jetzt, daß sie, so ausgiebig geschult in der Verachtung meiner Person, niemals auf den Triumph verzichten würde, unsere langgehegte Feindschaft in einer festlichen Vereinigung ebenso auszuschöpfen wie zu tilgen.

Wenn mir nur die erste, unbesonnene Silbe über die Lippen gesprungen wäre!

Doch ich schwieg. Ich blickte sogar gelangweilt auf meine Fingerspitzen, die ich auf die Kante der Ladentheke gesetzt hatte, und tat, als wünschte ich nicht angesprochen zu werden.

Bittersüßchen

Der alte Nichtsnutz Cystobal lag zu Bett in seinem verdunkelten Zimmer und erwehrte sich seiner lästigen Besucher. Als hätte er eine Menschliche Komödie mit lauter halbfertigen Menschen verfaßt, verfolgten ihn die Verkürzten und Zukurzgekommenen, die flüchtig Skizzierten, die nur Gestreiften und die Inkompletten. Sie forderten Ergänzung: mehr Fleisch, mehr Farbe, mehr Schicksal! Schattenrisse, Schnappschüsse, Passanten, verlorene Profile, bloß Erwähnte und Aufgezählte, die es nach Eigenleben verlangte ...

Man schreibt sich nichts von der Seele, man schreibt es immer tiefer in sie hinein.

Von wo es jederzeit wiederkehren kann. Unter Umständen sogar verheerend wiederkehrt: ein Aufstand von Krüppeln und Mißgeschöpfen. Den alten Nichtsnutz schüttelte ein heftiger Figurenvertreibungskoller. Er scheuchte das aufsässige Gesindel, trieb es durch Ritzen und Spalten aus seinem stickigen Zimmer.

Alle, allez hopp, ab durch die Mitte, fort, fort. Botschafter, Richter, Sportpräsident. Der Untergebene, der Ungeschickte, der Redenschreiber, der Nachfolger, der Assistent ... Und auch der Ungeschminkte, fort mit euch! Durch den einen Spalt wurden die ungefertigten Männer gejagt. Durch den anderen die unausgeführten Frauen.

O nicht wieder von vorn! Bleibt mir vom Hals! Ihr eckigen Einwinker in den Regelverkehr! Ihr Seßhaften am Rande der Rennbahn, ihr Balkonbegrüner und Friseure verdrießlicher Gärten! Wartet nur, bis der degenerierte Monsterkopf, bis der menschenstämmige Katoblepas seinen tonnenschweren Schädel aus dem Schlamm hebt! ... *Da zischt die Glut der Vernunft unter den Schweißperlen der Wettkämpfer.* Verschrobener Satz. Was war gemeint?

Inzwischen wußte er, es wäre seine Aufgabe gewesen, den atomaren Aufbau und den Wirkungsradius von Unerträglichkeit, den jeder Mensch um sich verbreitet, so gewissenhaft wie nur möglich zu beschreiben. E i n Mensch für alle. Der wäre seine Sache gewesen. Nicht Dutzende. Nicht dieser Haufen unentwickelter epischer Embryonen.

Der alte Nichtsnutz (= der nutzt das Nichts), bettlägerig und den Kopf voll Gelichter, verschanzte sich hinter geschlossenen Fensterläden, gegen die seit Tagen der Frühling anprallte. Aber für ihn, draußen wie drinnen, war es Winter geblieben, und dichtes Schneetreiben verdarb ihm die Aussicht. Flocken, nichts als Flocken, die wie eines großen Volkes ungezählte Flausen wirbeln und zu Boden fallen.

Dahinten in der Schattenmurmelkonche rührt sich was! Da steht auf einmal, leicht verwechselbar, ein Mädchen bloß im dünnen Hemd. Ausgebrochen! Ist das nicht die, die er sich mit Nachdruck verboten hatte? Eingesperrt, fest verriegelt im finstersten Verschlag mit anderen Invaliden der altersgrauen, schwächlich-lüsternen Erfindungsgabe. Ausgebrochen!

Alter Mann, Kopf voll Gelichter. Lauter Drahttiere im Hirn, Umrisse aus bunten Glühfäden.

Figurenvertreiber. Die verdammten Spiele, schäbigen Riten, bloß um sich ins sichere Repetieren zu flüchten. Fünfzehn Romane. Und dann dies Geschöpfchen, das er nicht einmal mit Namen kennt, Mädchen im dünnen Hemd, aus nichts als ältlicher Erfundenheit bestehend, erfaselt und erlinst. Dort hinten hockt sie unterm Schattenmurmelbogen.

Scheusal! Verschwinde ...! Verblasse! Plaggeist ...! Winzige Schattenzwitsche! Pieselt ihm auf die Dielen. Geht in die Hocke und pieselt. Pheromone sind alles. Stimmt's? Ohne Duft kein Zeugen, ohne Nase kein Liebesleben ... Geschöpfchen. Dünn. Spirrlig. Rachitisch. Wie Ingeborg damals, nachkriegsknochig. Das Alter neigt dazu, sich in alte Vorstellungen einzunisten. Das Alter merkt gar nicht, wie uralt es ist, was ihm gefällt ...

Das ist doch die, die kennt er doch, vor vielen Jahren hat sie ihm ein paar alte Schallplatten verkauft auf dem Flohmarkt! Aber wie spricht man mit ihr, wenn man keine Ausschweifung mehr vorhat, keine Intrigen, keine Umsturzpläne! Auch keine Panik mehr kennt, sondern nur noch Mantik. Handflächenbetrachtungen. Schau an, schau aus!

Komm näher, mein Bittersüßchen. Glykypikron!

Nun geistert das Mädchen im dünnen Hemd nach vorn, eine Herde von Holztieren steht in seinem Rücken, Elefanten, Löwen, Lämmer und Affen. »Alle selbstgeschnitzt.«

Wo kommst du mit deinem Wanderzirkus denn her?

»Von wegen Wanderzirkus. Der wandert schon lange nicht mehr.«

Minimo naso, ich sehe schon. Nicht einfach eine Stupsnase, sondern die Nasenblüte vorn mit feingeschweiften Löchern. Höchste Zier! Nez retroussé. Ebenso lèvres retroussés. Aufgeworfen. Und dazu la jupe retroussée. Geschürzt.

Piesle mir nicht aufs Parkett!

»Dann sprich nicht mit mir.«

Cystobal, nicht faul, schickte vom Bett aus einige Ergebenheitsadressen an ihre Waden, ihre Knie und was sonst noch unter dem Hemdchen. Ja, er übte im Herzen sogar einen galanten Fußfall, beugte sich über ihre nackten, unbeleckten Füßchen.

Wie kommst du mit deinen Tieren voran, kleine Hirtin?

»Ich komme mit keinen Tieren voran.«

Dann bring mir meine Bröselbörse, damit ich dich belohne.

»Denk an deine Timonitis!«

So. Alle halten mir meinen Geiz vor, die Ungestalten, ausnahmslos alle, undankbare Brut. Auch du, mein Bittersüßchen. Dabei habe ich euch großzügig erzogen, spendabel bewirtet, bis meine Güter verbraucht waren. Willst du ein bißchen mehr Mensch sein? Soll ich dich kräftiger ausschmücken?

»Ich habe die Erfahrung gemacht, daß unsere festen Zimmerwände verdammt beulbar sind. Sobald man einmal gezwungen ist, sich ganzmenschlich anzulehnen, geben sie nach wie Zeltplane.«

Cystobal erklomm im Leben ungeahnte Gipfel von Überdruß und Desinteresse. Und die Wildbäche des Abscheus furchten die glatte Steilwand seines Herzens.

Denn alles ist uninteressant. Nichts verdient, gedacht, geliebt oder getötet zu werden.

»Erfinde mich, bis du blau wirst. Doch mische mir keine Sentenzen bei.«

Sein neuer Morgenmantel hing noch immer ungebraucht über der Stuhllehne, mit einer purpurroten Geburtstagsschleife gebunden. Wie lange schon sah er ihn mit Wohlgefallen hängen, so frisch, so unbescholten und so hingegossen! Überhaupt erstrahlte ihm jetzt das dunkle Zimmer als ein einziger Geschenke-Raum, überladen mit tausend Gaben, die er von Kindesbeinen an empfangen hatte, gestapelt und aufbewahrt im ersten und einzigen Zimmer. Auch wenn keines mehr vorhanden war, glänzten sie doch wie am ersten Tag.

Auch gab's noch ein letztes Lebenszeichen, das kam vom Stimmen-Sarkophag (= Fleischfresser = Telefon). Seit Ewigkeiten, die irgendwie mit dem Frotté-Geschenk zusammenhingen, blinkte dort ein roter Knopf, schäkerte mit dem Alten in der Dunkelheit. Er hatte niemals seinen Anrufbeantworter abgehört. Es konnte nur die treue Schwester sein, die ihm, von irgendwo aus der stillen Gruft (= Welt), Anweisungen zum Einnehmen seiner Tabletten gab. Er hätte sich ohnehin nicht daran gehalten.

Bittersüßchen setzte sich endlich auf einen Stuhl. Der hatte ein ausgestanztes Herz in der Lehne und ein ausgestanztes Herz im Sitz, durch das ihr der kleine Blast unverdrückt abgehen konnte.

Sie schloß ihre Augen. Brautsegenweiß waren die Blüten, die hinter ihren Lidern zu sinken nicht aufhörten.

Weiß wie ihre Zähne, weiß wie das Laken, das sie um die Hüfte schlang, den Schauplatz künftiger Rüpelspiele verbergend.

Hart wie Horn stand da sein Stumpen, frei nach Ovid, als er Bittersüßchen so sitzen sah. Aber auch den kriegen wir runter! Denn alles ist uninteressant. Keine Öse verdient den Haken, keine Schlinge den Hals. Zwei Dinge, die zusammenpassen, ergeben immer ein Unding.

»Stell dir vor«, plapperte Bittersüßchen auf ihrem Stühlchen, »du nimmst einen Melkeimer fest in die Hand und der Eimer dreht sich plötzlich wie ein Bohrstößel und kugelt dir den Arm aus der Schulter.

Oder du gehst auf glattem Marmor durch eine kaiserliche Bibliothek.
Da bricht der Marmor ein wie hauchdünnes Eis,
du versinkst in bodenlosen Schlamm.

Du überschreitest eine Schwelle, die Schwelle hebt sich, wirbelt wie ein Propeller und zerschlägt dir die Fußknöchel.

Du gehst voll Tatendrang und vergißt,
daß du an unsichtbaren Himmelsschnüren hängst,
die ziehen dir die Beine weg, du schmetterst hin.

Du unterscheidest nicht das Glas der Tür von freier Luft,
du rennst voll Freude deinem Glück entgegen
und Scherben zerreißen dein Gesicht.

So ist die Welt. Wußtest du das?«

Was fragst du mich? *Ich* gebe dir den Eimer in die Hand, den Marmor unter die Füße, die Schwelle an die Knöchel, die Schnüre an die Waden und das Glas vor die Nase. Ich, Cystobal.

Der alte Nichtsnutz zog seine Pudelmütze tiefer in die Stirn, das Gesicht krümmte sich vor grimmigem Frohlocken. Fürst Nichts! rief er zur Zimmerdecke hinauf und meinte himmlische Höhen. Laß mich mein Unglück noch gute dreißig Jahre genießen! Und gewähre mir, daß Bittersüßchen so lange bei mir sitzt, bis sie zur vollen Bittersüße heranreift!

Fürst Nichts erhörte seinen treuen Vasall, aber nur um sich weiterhin über ihn zu amüsieren. Er wollte anscheinend noch eine Weile zusehen, wie er mit diesem unhandlichen Etwas hantierte, seinem alten Leben. Bittersüßchen mußte bei ihm bleiben und mußte auf ihrem Stühlchen älter und runder werden. Hin und wieder hörten sie den Fürsten kichern oder ein spöttisches Greinen schnitt durch die stickige Luft des verschlossenen Zimmers.

Nun kam es aber, daß der Nichtsnutz auf einen Gedanken verfiel, der ihn so schnell nicht mehr losließ. Der ihn unablässig zwickte und plagte. Oder vielmehr war es eine lästige Frage, die er, wäre er noch bei seinen vollen verneinenden Kräften gewesen, leicht hätte verscheuchen können. Sie lautete nämlich: Wie kann ein Mensch in seinem Atheismus Fortschritte machen? Wie läßt sich Gottlos-Sein noch steigern? Im Verneinen tritt der Geist ja auf der Stelle. Wenn er auch sonst noch munter und mobil ... Immerhin mußte er sich eingestehen, daß Gläubige oft genug eine Stufe des Erkennens nach der anderen erklimmen, und wenn sie es vermögen, täglich etwas Neues sehen. Doch der alte Cystobal mochte sein Problem drehen und wenden, wie er wollte: bei der Frage, wie kann der Atheist im Atheismus weiterkommen, gelang ihm keinerlei Fortschritt. Fast war er bereit, gegen seinen Fürsten die offene Hand zur Faust zu ballen, die Glaubensfaust zu erheben und ihm abtrünnig zu werden. Doch bevor es dazu kam, hatte die elende Frage seinen Verstand vollends blockiert, und er konnte keinerlei Entschluß mehr fassen.

Nach Jahren des behäbigsten Liegens war er eines Nachts von seinem Lager aufgestanden und hatte im Dunkeln nach der Bittersüßen gesucht, die, Hirtin einer unbeweglichen Herde, immer noch geduldig auf ihrem Stühlchen saß und auch ihn bewachte. Bis er nun endlich zu ihr kam.

Es mußte ihn eine Ahnung beschlichen haben, als ob es immer Bittersüßchens Umkreis war, ihr Sitzen und ihr Abstandhalten, immer dieselben drei Meter, die ihn schließlich unter die Räder der Frage gebracht hatten. Wollte sie nicht doch Vergeltung üben für den dünnen Strich und für den Geiz an Farbe und Attribut, den er ihr einst zugemutet hatte – in welchem denn von seinen fünfzehn dicken Büchern? An irgendeiner Stelle, in irgendeinem Zusammenhang, wo er sie bloß erwähnte und ihr nicht einmal einen Namen gab. Ein rachitisches Mädchen, das einmal kurz durch einen Türspalt linst und dann nie wiederauftaucht.

Aber mehr als eine ungute Ahnung war es nicht, die ihn aus dem Bett getrieben hatte. Und unterwegs war sie schon wieder vorbei. Die Beine trugen ihn nicht, er mußte auf Knien zu ihr rutschen. Da kniete er nun – jenseits von Frage und Antwort –, war ganz stumm und stumpf und küßte ihre Füße. Die Hirtin aber versammelte ihn zu ihren hölzernen Tieren.

Staustufe

Ich weiß noch genau, wie der letzte Satz lautete, den ich bei vollem Bewußtsein aussprach. Ich sagte: »Man muß nur eine höhere Stufe der Erkenntnis erreichen, so wird das Unzählige zählbar. Und der Unsinn zeigt seinen Sinn.«

»Ach? Gibt's die noch? Gibt's noch Erkenntnis?« fragte mein Widersacher. So als fragte er: Trägt man noch Galoschen heute? »Erkenntnis! Die alte Schelle, mit der uns Kongreßleiter in den Ohren bimmeln.«

Im selben Augenblick sah ich mich versetzt an den Fuß einer kolossalen Staumauer, höher als der Kölner Dom, und das Angehaltene dort oben war das große Reservoir. Wasser, das von den eisbedeckten Gipfeln des menschlichen Geistes herabstürzte und im künstlichen Becken sich löste zu kristallklarer und undurchdringlicher Poesie. Es blieb mir keine Wahl, ich mußte hinauf, ich mußte davon kosten. Also begann ich mit meinem senkrechten Aufstieg an der gewaltigen Bogenmauer. Mit dem Mund saugte ich Halt, mit den Handmulden suchte ich zu haften. An ein Klammern und Klettern nach Steiger Art war hier nicht zu denken, der glatte Beton wies nicht die geringste Unebenheit auf.

Das Ausmaß an Zeit wie auch an Kraft, dessen ich bedurfte, um in unmerklichen Fortschritten aufwärts zu gelangen, verlor sich bald aus meinem Bewußtsein. Alles muß sich unendlich langsam vollzogen haben, im

Banne einer Dauer, von der der Mensch in horizontaler Fortbewegung keinen Begriff hat. Ebenso verloren sich bei dieser über das Menschenmögliche hinausgehenden Anstrengung Gefühle wie Todesfurcht, Schwindelgefühl und Absturzgefahr.

Zentimeter um Zentimeter klomm ich in die Höhe, ein menschlicher Haftzeher, eine Gecko-Mutante, die eine ungeheuer steile, in praller Sonne erwärmte Betonwand zu bezwingen hatte. Den Staudamm. Die Talsperre. Dabei war ich selbst recht zufrieden mit meinem Fortkommen. An keinem Punkt der minimalen Abstandsverringerung erschien mir der obere Rand der Staustufe, die Sperrenkrone, unerreichbar. Gleichzeitig würde es die höchste Stufe des Schauens und Erkennens sein, die ein Mensch ersteigen konnte. Der obere Rand jedenfalls schien mir bereits näher zu rücken, kaum daß ich mich senkrecht wenige Meter vom Boden entfernt hatte. Die Weile meines Aufstiegs war nicht mehr nach menschlicher Zeit bemeßbar, sondern eher nun nach dem Urzeitmaß des Kriechtiers. Andererseits war die Weile der Mauer, wie bei jedem Bauwerk von Menschenhand, durchaus abhängig von ihrem Material und dessen Verschleißfrist. Folglich bemerkte ich irgendwann, nur noch wenige Körperlängen entfernt vom Kronenrand, neben mir feinste Auslässe im Beton, eine nur tropfenweise hervortretende Flüssigkeit, die für mich bereits zur großen *Lösung* gehörte. Sie zu entdecken, sie in ihrer Reinheit zu kosten, hatte ich schließlich diese ganze vorweltliche Anstrengung auf mich genommen.

Ich sah, solange ich stieg, vor mir nichts als glänzendes Wasser, in dem sich alles nahrhafte Wissen in lichte Poesie gelöst hatte. Ich sah vor mir das gewaltige, für den zukünftigen, den bildnerischen Menschen bereite Reservoir von Träumen, Chiffren und Symbolen, das in Form einer kristallklaren Flüssigkeit dort oben ruhte, durchsichtig bis auf den Grund und von Schwärmen paradiesisch schimmernder Fische durchweht.

Was sich zunächst wie eine schwitzende Pore des Betons ausnahm, hatte sich bald zu einem dünnen Haarriß verlängert. Daneben begannen nadelfeine Lücken zu klaffen, aus denen – wie zu meiner Begrüßung! – dünne Fontänen der Lösung hervorzischten. Diese feinen Spalten vergrößerten sich und an manchen Stellen wurde abbröckelndes Material herausgespült.

Dann zuckten auf einmal Risse wie schwarze Blitze über die gesamte Schalung, ein Teilstück der Mauer brach heraus und durch die Lücke ergoß sich ein wilder breiter Schwall – die Lösung, die Erlösung! – in die Tiefe.

Wohl nur um das letzte Erschrecken eines Menschen zu erfahren, wurde ich wieder in dessen Zeit zurückversetzt. Es ist aus mit dir! sagte mein armseliges Bewußtsein. Die Mauer bricht. Du hast deinen Aufstieg nicht vollenden können. Ich haftete, wie mir schien, im oberen Drittel der Strecke an dem Wall, als er um mich herum nachgab. Er brach auseinander, ich war zu langsam gewesen. Das Reservoir zerbarst, die Lösung stürzte mit ungeheurem Tosen ins Tal. Der gestauten Träume ungeheure Wucht verwüsteten die Weiden und Siedlungen der Anwohner, die Flut riß alles mit sich und wälzte ein schäumendes Geröll, darunter ich.

Inhalt